JN034548

メディアワークス文庫

辺境領主令嬢の白い結婚

藍野ナナカ

目　次

7

第一章　突然の縁談

「お前たちに話がある」

ロデアス王国の王都から半年ぶりに帰ってきたお父様は、お母様と私にそう告げた。

出発前より少し日焼けしているものの、旅装を解いたばかりのお父様に疲れた様子はない。多数の魔獣が生息する辺境地区の領主ブライトル伯爵は、ひ弱なお飾りではないのだ。

でも、お父様はとても深刻そうな顔をしていた。

何かあったのか探ろうとしたけれど、まったくわからない。お母様も緊張感を漂よわせながら眉をひそめている。お母様もお父様の話の内容は知らないようだ。

私たちが固唾《の》を呑んで待っている間、お父様は何度も深いため息をついた。やがて覚悟を決めたように顔を上げ、柘榴石《ざくろ》のように赤い目が私を見据える。その真剣な眼《まな》差《ざ》しに、私は思わず姿勢を正してしまった。

「オルテンシア。お前に縁談がきた」

「………えっ？」

続いたお父様の言葉は、思っていたより普通の話だった。

もちろん、私にとっては大問題だ。

頭が真っ白になるくらいには大問題だけれど、王都で事件に巻き込まれて領地没収とか取り潰しとか、そういう最悪な事態を予想していたから私はほっとしてしまった。

それはお母様も同じだったようだ。椅子の背に深く身を預けて、はぁっと長いため息をついた。

「シアの縁談ですか。シアは先月に十六歳になりましたから、そういうお話がきてもおかしくはありませんが……」

ため息の合間につぶやいて、それからやっと、無意識に握りしめていた剣から手を離した。

一般的に、領主の娘に政略結婚は付きものだ。十五歳になる頃には結婚が決まっていることが多い。

でも私の場合は、少し事情がちがう。

領主であるお父様の子は私だけ。だから私が領主の地位を継ぐことになっていて、一族の中の有力者とか、近隣の領主の息子たちの誰かとか、そういう近い価値観を持つ人と結婚するはずだった。

とはいえ、王都で縁ができたのなら、それはそれで価値がある。

そんな予想をしてみたのに、お父様の表情はとんでもなく暗かった。まだ何かがあるようだ。

もしかして、縁談の条件が悪いのだろうか。

あんな顔をするくらいだから、魔の森を焼き払うことが条件だったとか？　お祖母様の代に、一度そういう縁談があったとは聞いている。

辺境地区がいつまでも「辺境」と呼ばれているのは、魔の森のせいだ。

独特の生態系を保った森はどこまでも広がっていて、その端は異界に繋《つな》がっているらしい。そのためブライトル領やその周辺では魔獣の数が極めて多い。あまりにも危険すぎるという理由で、魔の森への手出しは固く禁止されている。

今は王都近郊でも魔獣が出没する時代だ。そんな極端な条件はないはず。

とすると……まさか、縁談相手の家から「飛翔《ひしょう》能力のある魔獣を譲れ」と圧力をかけられた？

(飼い慣らした魔獣は、王都近辺では高値で取引されているはずだもの。万が一にも翼竜を差し出せと言われているなら、大変なことだわ！)

私が気を揉《も》んでいると、お父様が首を振りながらため息をついた。

「オルテンシアの結婚式は一ヶ月後だ」

「……え？　結婚式？」

「式は王都ではなく、我が領で行われることになっている。だからオルテンシアの負担は少なくて済むだろう。我が家の懐にも優しいな」

「ちょっと待ってください！　結婚式が一ヶ月後だなんて、お父様っ⁉」

私が慌てて立ち上がってしまったのに、お父様は気にしなかった。

全く目を合わせてくれないから、何も気付いていないふりをしているようだ。芝居がかった咳払《せきばら》いをして、さらに言葉を続けた。

「結婚式についてだが、どのような形式でもいいとの覚書をいただいている。これは助かるぞ。王都風はとにかく派手で、費用がとんでもないことになるからな！　オルテンシアのためなら少々の出費などかまわないが、見栄《みえ》のために無駄な出費をするより、生活費にあてる方がずっといいだろう！　それから……！」

「――ブライトル伯爵。少しお待ちください」

どんどん早口になっていくお父様を、お母様が止めた。

ただ止めただけでなく、いつの間にかお父様の前に立って胸ぐらを掴《つか》んでいた。美しい顔は鬼気迫るものがあり、今にも抜剣してしまいそうだ。

お母様は辺境地区では有名な翼竜騎士だ。お父様も領主であると同時に優秀な騎士。二人とも、夫婦喧嘩《げんか》で刃物を持ち出さない理性はあるけれど……今のお母様は、普段なら小川のように穏やかな青い目を恐ろしく殺気だてている。

私が逃避気味にため息をつく横で、お母様はお父様の大きな体を乱暴に揺さぶった。

「今、結婚式と言いましたか？」

「言った」

「一ヶ月後というのは、私の空耳でしょうか⁉」

「……空耳ではない」

「それはどういうことですか！　ただの縁談ではなく、もう式の日取りまで決まっているというのですか⁉　結婚式を舐《な》めているのか、オルテンシアを出戻りと勘違いしているのか、あるいは年若い乙女に執着する好色ジジイなのか！　返答によっては伯爵軍を動かします！」

お母様の顔が怖い。

それ以上に、言っている内容が怖い。

私の聞き間違いでなければ、相手を攻めると言っている。

伯爵家とはいえ、いつも魔獣を相手にしている辺境地区の領主の戦力は強大だ。お母様が率いる翼竜隊を王都近郊の貴族に向けてしまうと、短期決戦なら簡単に滅ぼしてしまうだろう。

（いいえ、それは駄目よ。翼竜隊を動かした時点で、内乱の名目で王家から潰されてしまうかもしれないから……！）

私が密《ひそ》かに青ざめていると、ガクガク揺さぶられていたお父様が、ポツリとつぶやいた。

「……第二王子殿下だ」

「は？」

「オルテンシアの婿に決まったのは、第二王子トゥライビス殿下なのだ」

鬼のようだったお母様の顔から、すっと表情が消えた。手からも力が抜ける。

自由の身になったお父様は、ひたすら重々しいため息をついた。

「この縁談は、王妃様から直々に頂いた。しかも、多くの貴族たちがいる前だった。あの方は第二王子を嫌っておられる。皆の前で、急すぎると私が拒絶することを期待していたのだろう」

「それは、しかし」

「実は少し前から、国王陛下から謎かけのように莫大《ばくだい》な結納金《ゆいのう》を提示されていたのだ。ずっと意味がわからなかったが、おそらく王妃様を止められないと諦めて計画していたようだな。それを察知した王妃様が、根回しを終える前に持ち出してつぶそうとしたのだろう。もし私が何も聞いておらず、一瞬でもためらっていれば、殿下のお命に関わる大変な事態になるところだった。だから……断れなかった」

「……確かに断れませんね。私も第二王子の亡き母君は嫌いではありませんでした」

お母様はため息をついた。

結婚前のお母様は、お父様の護衛として何度も王都に出向いていたそうだ。その頃の話を何度も聞かせてもらった。

その中には王宮の話もあった。

私は華やかな王宮にこっそり憧れていたけれど、実際の王宮は王妃様が妾腹《しょうふく》の王子の命を狙うという、かなりドロドロした場所だったようだ。

そんなドロドロに巻き込まれてしまったお父様は、真剣な顔で私を見た。

「急ではあるが、第二王子殿下の命をお守りするには結婚の名目が必要なのだ。どうか、殿下との結婚を受け入れてほしい。国王陛下からも、できれば三年かくまってくれと頼まれた。もちろん『白い結婚』の約束は取り付けている。結納金も、当初打診されていた額の倍になった。全てオルテンシアの財産にするつもりだ」

「白い結婚」とは、結婚式を挙げても寝室を別にし続けること。

婚姻契約が成立していないということで、離婚が簡単にできる。一時的な政略結婚だけでなく、まだ大人になりきっていない子供が結婚する時によくある条件だ。

つまり、私たちの側から離婚を申し立てても成立してしまう。

王族をお迎えするにしては破格の条件かもしれない。そう考えた時、お父様の真剣な表情が崩れ、愛想笑いとも違う、やけに爽やかな笑顔になった。

「まあ、結婚生活については深刻に考えることはないぞ。どうしても気に入らなければ、そのうち『病気』になっていただくこともできるし、どこかで『静養』していただいてもいいのだからな！」

お父様の口ぶりから察すると、『病気』という口実でどこかへ監禁するとか、『静養』ということでどこかへ追いやるとか、そういう物騒な話のような気がする。

（それはさすがに……そんなことが許されるの⁉）

私が戸惑っている横で、ずっと考え込んでいたお母様が小さくため息をついた。

「『白い結婚』を厳守するなら、悪くはないかもしれません。第二王子殿下に悪い噂《うわさ》はなかったはず。ブライトルが殿下を保護するのなら、シアの立場もより強くなるでしょう」

お母様は顔をしかめているけれど、その口ぶりは拒否ではないから悪くないお相手のようだ。それに結納金は莫大らしい。ならば反対する理由はない。

私は十六歳。

大人と認められる年齢で、次期領主としての覚悟はしてきたつもりだ。

我がブライトル家にとって利益のある話で、国王陛下へも恩が売れる。その上、王子殿下の命をお救いできるのなら迷うまでもない。

心配そうなお父様とお母様に、私はできるだけ平然と見えるように微笑《ほほえ》んだ。

「この縁談、ありがたくお受けいたします」

こうして私は一ヶ月後に結婚することになった。

◇

辺境地区と呼ばれる地はロデアス王国の東部のことで、ハガール平原の東端にある。

王都からとても遠く、翼竜を使っても、通常飛行では数日かかってしまう。

あらゆる制限をなくした戦闘飛行なら翌日には王都に達するけれど、辺境領主たちは魔獣を使った移動は制限されている。平時の移動は馬や牛がほとんどで、馬車なら数週間というところだ。

今日、結婚式を迎える私オルテンシア・ブライトルは、そんな辺境地区の領主の家に生まれた。

父はブライトル伯爵イグレス。ブライトル家に多い柘榴石のような赤い目を持つ。とても大柄で、辺境地区の領主らしい豪快な性格だ。

でも伯爵軍の兵士たちは、お父様よりお母様を尊敬している。

お父様の人柄が劣るわけではない。騎士としての勇猛さで十分すぎるくらいに兵士たちの心を摑んでいる。

ただ、お母様の戦績が圧倒的すぎた。

翼竜隊長エリカ・ブライトルとしてのお母様は、十代前半から翼竜に騎乗してきた歴戦の戦士。どんな翼竜も乗りこなし、激しい戦闘の中でも冷静な判断を下すことができる。お母様が冷静さを忘れかけるのは、私に関することだけだ。

そんな二人の間に生まれた私は、辺境領主一族らしい豪快さから遠い外見をしている。背は高くないし、痩せている。でも年齢はすでに成人に達しているから、いずれは誰かと結婚すると思っていた。

（……でも第二王子殿下と結婚するなんて、さすがに考えたこともなかったわね）

私はこっそりとため息をついて、改めて「夫」となる人のことを考えてみた。

第二王子トゥライビス殿下。

王子ではあるけれど、王妃様の子ではない。

生母様は平民出身の女騎士だった。大規模な魔獣討伐があった時に国王陛下と出会い、その後お手が付いた。

第二王子殿下を出産して間もない頃に、生母様は「事故」により亡くなっている。状況がとても事故には見えなかったそうだけれど、それが問題になることはなかった。

その真相は、深入りする覚悟がないなら知るべきではないだろう。

王妃様は王国でも一、二を争う大貴族クラドリス公爵家のご出身。王都近辺でクラドリス家に敵対できる貴族は存在せず、国王陛下ですら王妃様の動きを止めることは難しい。

幸いにというべきか、ブライトル伯爵家は王宮のしがらみの外にあり、私は辺境地区の領地から出たことがない。王宮のドロドロした世界を知らず、クラドリス公爵家の威光にも無関心でいられる。

当然、トゥライビス殿下にお会いしたことはない。白い結婚とはいえ夫婦になるのだから、結婚式を挙げる前に少しでも殿下とお話をしてみたいと思っていた。

でも殿下が辺境地区にあるブライトル領に来るまでの間に、すでに何かがあったようだ。殿下の到着は予定より大幅に遅れ、とうとう結婚式の当日になってしまった。

これについて、お父様とお母様が気を悪くした様子はない。それどころかとても心配していたから、殿下が乗った馬車がブライトル領に入ったとの報告を聞いてほっとしていた。

結局、殿下が屋敷《やしき》に到着したのはつい先ほど。正午の結婚式の時間が迫っていて、今は支度を整えている。ただし、事態はかなり深刻なようだ。

会場の控室の外で、お父様とお母様はため息をついている。

「ブライトル伯爵。殿下の馬車を見ましたが、あれはかなりひどい状態です。殿下がご無事で何よりでした」

「だが、殿下以外は無傷とはいかなかったようだな」

「やはりというべきか、本来の護衛任務を担う正規兵は、王妃様の息がかかっていたようです」

王都近辺の、本来は魔獣がほとんどいないはずの場所で魔獣に襲われ、護衛の正規兵たちは魔獣と戦うふりをしながら姿を消してしまったらしい。

襲撃は一度で終わらず、その後も何度も魔獣や正体不明の野盗に襲われた。国王陛下もそうなることを見越して、正規兵の他に独自に護衛を追加でつけていたものの、度重なる襲撃を防ぎ切ることは難しかったようだ。殿下の馬車は傷だらけで、護衛たちも負傷した状態だった。

お父様はつまらなそうに舌打ちをした。

私に気を遣って部屋の外で話をしているようだけれど、私は人より耳がいいから全て聞こえてしまう。

「我らの辺境地区より魔獣出没が多いとは、とんでもない話ではないか。怪我人《けがにん》の回収はどうなっている？」

「翼竜隊と騎兵を向かわせましたが、ブライトル領の外に出せる兵の数は限られています。負傷してはぐれたという護衛たちについては、楽観はできないでしょう。到着した者もほとんどが負傷していますし、傷が深い者もいました」

「そうか。こちらからお迎えに行けなかったことが何とも歯痒《はがゆ》いな。待ち伏せを警戒して迂回《うかい》しても、この状況とは。……王妃様は、殿下が我が領のような僻地《へきち》で生きることすらご不快なのだろうか」

お父様の声は深刻そうだ。

ちなみに莫大な結納金については、お父様が王都から戻った三日後に国王直属の翼竜近衛《このえ》騎士隊によって運ばれてきた。領民たちが驚いて騒いでしまったほど大規模な一団で、私としては「そこまでするなら、第二王子も送り届けてくれればいいのに」と言いたかった。

でもそれだけは、いろいろな理由のために実現しなかったのだとか。

その結果が、護衛に死傷者を多数出しながらのぎりぎりの到着だ。なんて残酷な話だろう。

到着したばかりの殿下は、きっとお疲れになっている。せめて結婚式を一日二日遅らせることができればいいのに、それもできない。

王家側からの立会人は、何日も前にブライトル入りを果たしていた。彼らは殿下の到着の遅れを聞いても、式の延期は絶対に認めないと言い張った。あの人たちが王妃様の意を汲《く》んでいるのなら、結婚不成立を狙っていてもおかしくはない。

立会人たちの傲慢な態度は反感を買っている。私の結婚になんとなく不満そうだった屋敷の使用人たちも、到着した馬車を見た後は殿下に同情的になった。

おかげで、次から次へと殿下の情報を教えてくれる。

今日到着した護衛たちが、結婚式が終わればすぐに王都に向けて出発するらしいことも、メイドたちが教えてくれた。

無事に送り届けたことを、国王ご夫妻に報告しなければならないのだとか。お母様が心配するほどの重傷者もいるのに、なんて過酷な義務を課しているのやら。

考えれば考えるほど、ため息しか出ない。

「お嬢様。このお屋敷にたどり着いてしまえば、中は安全でございます。負傷者の治療のために、戦場用の治療薬を出す許可が出ているとも聞いています」

私の心を読んだように、幼い頃から仕えてくれているナジアが力強く言う。髪を整えている若いメイドも、鏡越しにグッと拳を作ってみせた。

「こうなったら、お嬢様のお美しさを見せつけて、馬鹿にしたように笑っている王都の人たちを驚かせましょうね！　そして、ちゃっちゃと結婚式を済ませて王子様をお守りしましょう！」

「リンナ。手が止まっていますよ」

「あ、はい！　でも今日のお嬢様は最高にお美しいです！」

慌てて手を動かしながら、リンナはニィッと笑った。

まだメイドになって日が浅いせいか、リンナはよくナジアに叱られている。

リンナのこの明るさは嫌いではない。品がないとナジアがため息をつくこともあるけれど、いつも前向きで、私を実態以上に褒めてくれる。

褒めてもらえると、少しだけ胸を張る勇気が出てくるから不思議だ。

意外に危なげのないリンナの手から、自分の姿に目を移した。

鏡に映る私は、急ごしらえにしては豪華な、とても美しい花嫁衣装を着ている。お母様はもっと良《い》いものを用意するつもりだったのにと嘆いていたけれど、十分に美しいと思う。

ただし、王都での流行の形ではない。

辺境地区への入植が始まった時代のドレスのように首まで透けない布できっちりと覆われ、腕も手首まで長い袖に隠れている。

決して貧相なわけではない。布は辺境地区特産の銀蚕《ぎんさん》の繭から紡がれた糸を織り上げたもので、王都なら貴族の邸宅と同じ値段になるはずだから。

白銀色のドレスを着た私は、柘榴石のような赤い目がいつも以上に色鮮やかに見えた。重苦しい黒い髪は丁寧に結い上げてヴェールをつけているから目立たない。それに……。

「……お嬢様。布を重ねて透けないようにしておりますから、ご安心くださいませ」

ヴェールを整えるふりをしながら、ナジアがそっと囁《ささや》いた。

辺境地区でも首や肩口を見せるドレスが一般的で、私のドレスは婚礼用としては異色だ。

このデザインを選んだ理由はある。私は命を狙われたことがあり、腕には魔獣の爪痕が残っている。背中はもっと醜い状態だ。だからいつも似たデザインのドレスを着ているし、そういう傷痕を気にしない辺境地区の人としか結婚できないと思っていた。

私の結婚は「白い結婚」と決まっているから、トゥライビス王子殿下に醜い傷痕をお見せせずに済むだろう。

流行には遠いドレスながら、ナジアとリンナが私を精一杯に装ってくれた。せめて殿下が失望なさらないことを祈りたい。

「シア。トゥライビス殿下がお見えになりましたよ」

控え室に入ってきたお母様は、私にそう声をかけてから扉を大きく開く。メイドたちが静かに壁際へと移動し、私は殿下をお迎えするために立ち上がった。

密かに緊張する中、軽やかな足音と共に王都風の衣装の人物が入ってきた。

お父様とお母様が深い礼をする。私も深々と頭を下げた。

「ブライトル伯爵。頭を上げてほしい。あなたは私の義父《ちち》になるのだからね」

ゆったりとした歩みが私の前で止まった。穏やかな声は、思っていたより気さくな話し方をする。発音は少し耳慣れないかもしれない。王都訛《なま》りとも少し違う。お母様の話の中にあった王族風というものだろう。

「式の前だが、ご令嬢と話をしてもいいだろうか」

「もちろんです。私たちは式場に向かいますので、時間になりましたらお呼びいたしましょう」

お父様とお母様が部屋を出た。残ったのは私と殿下と、壁際でひっそりと控えているメイドたちだけ。殿下は改めて私に向き直ったようだった。

「君も、頭を上げてくれるかな？」

じわりと緊張したけれど、ゆっくりと顔を上げた。

まず見えたのは、王都風の礼服だった。

服そのものに金糸で王家の紋章が織りなされている。この方が第二王子なのだと改めて思い知らされて緊張する。胸元に輝いている装飾品には、大ぶりの宝石があしらわれていた。

そんな華やかな衣装の中で、長めの髪は鮮やかに輝いていた。まるで太陽の光を受けた蜂蜜のような明るい金髪だ。

私を見つめている目は、青と緑の中間のような色をしている。

「初めまして。君が私と結婚してくれる幸せの女神だね？」

そう言って笑いかけてくる顔は、思わず瞬きを忘れてしまうほど整っていた。決して女性的ではないのに、どんな女性よりも美しい顔立ちで、穏やかな微笑みを浮かべている。物語に出てくる王子様がそのまま人として現れたようだ。

なんてきれいな人だろう。それに、命を狙われながらこの地に着いたばかりの人には見えない。

こんなに穏やかに微笑む人が、生まれてからずっと王妃様に命を狙われ続けた末に、辺境に追いやられて傷痕持ちの女の夫となるなんて。とても気の毒な方だ。

でもそんな同情を顔に出すのは失礼だと思ったから、丁寧な挨拶をすることで表情を隠した。

「ブライトル伯爵の娘のオルテンシアでございます。ふつつかものではありますが、どうぞよろしくお願……」

「堅苦しい挨拶はいいよ。君のこと、オルテンシアちゃんと呼んでもいいかな？」

トゥライビス殿下は、私の言葉を途中で遮ってしまった。

それは構わない。呼び方も、殿下のお好みのままに。でも結婚する相手に「ちゃん」付けというのは……どうなのだろう。

予想外の言葉に戸惑った私は、思わず殿下を見上げてしまった。

トゥライビス殿下は微笑んでいた。完璧な造形の顔に、どこにも嫌みのない笑みを浮かべて私の返事を待っている。

殿下は、私より十歳上の二十六歳と聞いている。十六歳になったばかりの私は子供に見えるのかもしれない。

友好的に接してくれているのはわかる。

ということは、私は殿下の妹的な立ち位置になるのだろうか。白い結婚なら、そういうものかもしれないけれど、何となく複雑だ。

でも、この結婚は個人の感情を超えたもの。妻でも妹でも大差はない。

一瞬揺れた感情をぐっと押し殺し、私は礼儀正しい微笑みを浮かべてみせた。

「殿下のお好みのままにお呼びください」

「ありがとう。では君も、私のことは、トゥル、と呼んでほしい」

「えっと……トゥル殿下、ですか？」

今度こそ、耳を疑ってしまった。何とお答えすればいいのかと戸惑っていると、殿下は優雅に首を傾《かし》げた。

「できれば、『殿下』もとってくれると嬉《うれ》しいな」

首の動きに従って、きれいな金髪がさらりと動く。

まるで当たり前のような口調だけれど……「殿下」でもなく「トゥライビス様」でもなく、「トゥル様」とお呼びしろと？

これは「お望みの通りに」とは言いにくい。

王子殿下に対して、そんな呼称が許されるのかと気になる。だって、そんなに短い呼称は、まるで……。

（……まるで、ペットの犬や猫みたい）

高貴なお方に対して、あまりにも軽すぎる。

そう思ってしまうのは、私が辺境地区で生まれ育ったせいかもしれない。

もしかしたら、王都の貴族たちの間ではこのくらい軽い呼び名が流行《はや》っているのかも……と思ってみたけれど、やっぱり私の感覚では軽すぎる。

真剣に悩んでいる間に、トゥライビス殿下――トゥル殿下が窓辺へと移動していた。

窓から外を見ているようだ。王宮とは趣の違う風景を見ているのかと思ったのに、視線は上に向いている。

何を見ているのだろう。視線をたどっても、その方向は木が繁《しげ》っているだけだ。珍しい鳥がいたのだろうか。

「あの、殿下……トゥル様？」

「ここの木は面白いね。葉が青いものが多い」

「……木は、青いものでは？」

それのどこが面白いのだろう。

思わず首を傾げながらつぶやいてしまった。振り返ったトゥル殿下は、ちょっと困ったような顔で微笑んだ。

「王都にある木は青くないのだよ」

「…………えっ？　そうなんですか⁉」

「君にとっては木の葉が青いのは当たり前なんだね。さすが辺境地区だ。でも、この葉の形は王都でよく見る木と似ている。もしかしたら近い種類なのかもしれない」

そう言って、また木を見上げてしまった。殿下が口を閉ざすと、控え室の中がとても静かになった。重苦しい沈黙ではないけれど、私が知っている屋敷とは違う空気が流れているようだ。これが王都風なのだろうか。それとも王族風？

何だか混乱してしまったけれど、落ち着くために私は小さく咳払いをした。

「その木のことですが、私たちはアマレと呼んでいます」

「アマレか。語感はかなり違うね。この木の花は白色だろうか」

「白い花です」

「花びらは五枚？ それとも八重咲きかな」

私は答えられなかった。

アマレの木は毎日見ている。夏の初めに花をつけるし、満開の時は白い雪のように青い葉を隠してしまう。でも花びらの数までは数えたことはなかった。ひらりとした花びらだった気がするから、八重咲ではない、と思う。

でも、それ以上はわからない。密かに青ざめていると、殿下が「あ」とつぶやいて、少し慌てたような顔をした。

「ごめんね。私は植物の観察が好きなんだ。ここは面白すぎて、つい聞いてしまった」

殿下は申し訳なさそうに眉を動かした。

そんな顔をすると、周囲を圧倒するような優雅さが急激に薄れる。まるで……こんな喩《たと》えが許されるのかわからないけれど、叱られた子犬のようだ。

十歳も年上の王子殿下に対して、つい不敬なことを考えてしまった。でもそれで緊張がほぐれたのか、笑いが込み上げそうになって慌てて抑え込む。

気を取り直した私は、思い切って一歩前に踏み出た。

「殿下のおかげで自分の無知に気付けました。環境の違う王都の方をお迎えするのですから、あらゆることに目を配っておくべきでした」

「んー、そうかもしれないけど、植物のことは詳しく知らなくても大丈夫じゃないかな？」

「私はこの地の次期領主で、殿下の妻となります。民に安心してもらうために完璧を装わねばならない時はありますし、殿下の御身を守るためにも知識は必要です」

「……そうか。さすが辺境地区だね。君はまだ若いのに、まるで大人のように覚悟ができている」

殿下は木を見上げながら独り言のようにつぶやいて、それから改めて私の前に戻ってきた。

すぐ近くに立った殿下は、思っていたより背が高い。お父様よりは低いけれど、従兄弟《いとこ》たちより高そうだ。

それに優雅な細身の人に見えていたのに、実際はそんなに痩せていない。服装と姿勢が美しかっただけで、ブライトル領の騎士たちのように鍛えた体つきをしている。

王都近郊の貴族は優雅で、平和な生活を送っていて、近くに魔獣が少なくて、もっと線の細い人々だと思っていた。でも、殿下はそうではないらしい。

なんだか意外だ。

でもそうでなければ、数々の襲撃を潜《くぐ》り抜《ぬ》け、無傷でこの地にたどり着くことはできなかっただろう。美しいだけの人に見えるのに、まるで正反対だ。

そんなことを考えた時、殿下が私の前でスッと床に片膝をつけた。

殿下の顔の位置が下がり、私が見下ろす高さになる。近くなったお顔は本当にきれいだ。

思わず見惚《みと》れかけて、殿下の喉元に傷痕があることに気が付いた。高い襟で隠れているけれど、上から見るとはっきりと見える。かなり深い傷だったはずだ。

(まるで刀傷みたい。それに……あと少し深かったり、場所がずれたりしていたら、命を失っていたのではないかしら)

そこまで考えて、私ははっと思い出した。

この結婚は、トゥライビス王子殿下の命をお守りするためのもの。そのために破格の結納金が用意された。そういう認識はあったのに、美しい姿に気を取られて忘れていた。

王都の高貴なお方らしい美しい姿の中で、痛々しい傷痕だけがそぐわない気がする。

私はついじっと見てしまった。

殿下は、私の視線が何に向いているかに気付いたようだ。苦笑を浮かべながら高い襟を少しだけ指先で下げた。

「これは幼い頃のものだよ。幸いなことに、当時の記憶はほとんどないんだ。目が覚めると、乳母たちが泣いていたことは覚えているかな。しばらくとても痛かったこともね」

「……配慮に欠けていました。失礼しました」

「構わないよ。ただね、そういうことは一度だけではないんだ。だから、君が私と結婚してくれると聞いて驚いた。義母上《はは》に楯突《たてつ》く人間なんて、この国にはいないと思い込んでいたから」

殿下が喋《しゃべ》ると、喉が動く。傷痕も動く。

でも襟を押さえていた手が離れると、生々しい悪意の痕跡はしなやかな絹と煌《きら》びやかな襟飾りで隠れてしまった。

「私は二度と王都に戻るつもりはないし、戻れないと思っている。君に迷惑をかけたくないから、目障りならできるだけ部屋で過ごすようにしよう。どこかに閉じこもっていろと言われても、まあ平気だよ。だから、少しだけ君の人生を分けてほしい。夫という地位を私に与えてくれ。私の望みはそれだけだ」

私を見上げる顔はとても真剣だった。

私たちの結婚については、詳細な取り決めがある。「白い結婚」の徹底の他に、ブライトル家側が殿下にご用意するものとか、領内での殿下の立場とか、そういう細々したこと全てのために、何ページにも及ぶ書面が用意された。

だから殿下が私に「お願い」なんて、そんなことを改めてする必要はない。

なのに形式だけの夫になる人は、直接私に語りかけてくれた。王妃様に憎まれているとはいえ、正式に王子殿下として認められている方が、臣下で田舎者の私に誠意を示そうとしてくれている。

なんていい人だろう。

恵まれているのにとても不幸な殿下を、無性に力付けて差し上げたくなった。でも何と言えばいいのかと悩み、先ほどのリンナの言葉を思い出した。

結婚が成立すれば、殿下は「ブライトル家の人間」だ。そうなれば手を出してくる存在には、ブライトル伯爵家が全力で対処することになる。

（そうよ、リンナではないけれど、ちゃっちゃと結婚式を済ませて安心していただくのが一番だわ）

そう決意した私は、できるだけ子供っぽく見えるように笑ってみせた。

「トゥライビス殿下は、年若い乙女に執着する好色ジジイですか？」

「えっ？　それはどういう意味だろう。よくわからないが、たぶん違うと思うよ」

「結婚式なんて、どうでもいいと軽く考えていますか？」

「どうでもいいとは思っているが……ああ、君には申し訳ないと思っている。花嫁は時間をかけていろいろ準備をして、美しく装うものだろうから」

「私が何歳か、ご存じですか？」

「オルテンシアちゃんは十六歳だ。そうだよね？」

私の質問に慌てながら、あるいは首を傾げながら、殿下は真面目に答えてくれた。お母様がこの場にいたら、まずまずの返答だと満足してくれたはず。少なくとも、私にとっては満点だ。

命を守るための契約としての結婚であろうと、この方は私の名前を覚え、年齢を覚え、王子というお立場なのに私の前で片膝をついて、結婚を乞うてくれた。その誠意に私もお応えしなければ。

「トゥライビス殿下。この地は辺境です。魔獣が多くて危険な場所で、王都とは全く違うことも多いようですね。でも植物も多様ですから、きっと楽しんでいただけると思います」

「それは……私の滞在を認めてくれるということかな？」

「はい、もちろんです。ふつつかものですが、よろしくお願いします」

私がドレスを軽くつまんで丁寧に礼をする。そっと顔を上げると、まだ片膝をついている殿下がじっと私を見ていた。

精一杯に令嬢らしい所作をしてみたけれど、王都の令嬢たちに比べると不格好だった？　急に不安になった時、トゥライビス殿下は少しだけ笑った。

その微笑みのままトゥル様はドレスから離したばかりの私の手を取って、甲に恭しく口付けをした。いや、唇は触れていないから、口付けのふりだけだ。

礼儀通りなのに、その洗練された身のこなしに私の心臓は急に大きく弾んでしまう。

私の密かな混乱を、殿下は気付いているだろうか。私が動揺している間にゆっくりと顔を上げ、私の手を取ったままもう一度笑った。

「こちらこそ、よろしく頼むよ、オルテンシアちゃん。私の奥様となる人」

さっきの微笑みは柔らかかったけれど、今度の笑顔はとても明るい。アマレの木を見上げていた時と同じような、とてもくつろいだ笑顔だ。

やっぱりこの方は、思っていたより気さくなお方のようだ。

私は密かに、ほっとした。

◆　◆

病室を覗《のぞ》くと、ベッドに横たわっている怪我人は眠っていた。

ブライトル伯爵の屋敷に到着した途端に崩れるように意識を失ってしまったから、とても心配していた。今は顔色は良くなっている。呼吸も穏やかだ。

それを確かめてからベッドの脇にある椅子に座る。

眠っているのはロイス。私の乳兄弟だ。

幼い頃は本当の兄弟のように遊び、成長してからは私の身を守ろうと必死になってくれる。何度止めても毒味役を続けた頑固者で、今回は父上が手配してくれた護衛たちの指揮をとっていた。

私が無傷で結婚式を終えることができたのは、ロイスを始めとした護衛たちが守ってくれたからだ。特にロイスは幾度も私を庇《かば》って傷を負った。

辺境と呼ばれるこの地に入った途端に安全になったのは、なんとも皮肉なことだ。でもロイスは血に汚れた手で剣を握り続け、最後まで気を抜かなかった。

そんなロイスが眠っている。

「……本当に、君は母親似だね」

乳母のメリアは、あらゆるものを私より先に触り、安全を確認していた。

そのために私を狙った毒を得てしまった。

しかもメリアは毒で弱り続けていたのに、動けなくなる直前まで私が見ていないところでは確認作業を続けていたようだ。

メリアが死による安息を得て二ヶ月。私は生きながらえるために、この辺境の地に来た。

この地は王都から遠い。距離以上に環境が違う。植物の色の違いには驚いた。まるで別世界だ。……そのことに私は滑稽なくらいにほっとしている。

「父上は、この地にはあの人の手が届かないと言っていたが、本当のようだな。でも……君まで失ってしまうのは、私は嫌だよ」

眠っているロイスは、包帯だらけだった。

でも包帯のないところでは、傷がすでにふさがりかけている。

伯爵家の医師によれば、極めて強い作用を持つ薬を使っているらしい。医師の表情から察するに、この地においてもおそらく貴重な薬で、それを破格の待遇で使用してくれている。

ブライトル伯爵は本気で私の庇護者《ひご》になってくれるようだ。

「……殿…下」

かすれた声がした。

ロイスが目を開けている。私の気配に気付いたためだろう。彼はいつもこうだ。負傷した時くらいはゆっくり眠っていればいいのに。

「ごめん。起こしてしまったかな」

「……式は……」

「結婚式は無事に終わったよ。私はブライトル伯爵家の婿になった。あの人の意を汲むものたちも、そう簡単には手を出してこないだろう」

「申し訳…ございません。参列できず……」

「大丈夫だ。立会人たちは不満そうだったが、ブライトル伯爵が『外の人間を多く入れるのは好ましくない』と言ってくれてね。立会人を排除するか、君たちを参列させるか、どちらかしか認められないと言い張ったから、君たちがいなくても問題はないことになった。我々には辺境地区の常識は全くわからない。それを逆手に取ったようだ」

頭を少し持ち上げて水を飲ませながらそう伝えると、ロイスはやっと安心した顔になった。

「良き御方…のようですね」

「うん。とても気持ちの良い人物だ。義父と呼んでくれ、と言っていたな。でも、伯爵夫人は絶対に義母とは呼ばせてくれそうもない。完全な武人なのだろう。君とは気が合うかもしれない」

「……それで…奥方様は……？」

「聞いていた以上に、とてもしっかりしていたよ。まだ若いのに、オルテンシアちゃんは賢明な子のようだ」

「……ちゃん……？」

ロイスが、急になんだか変な顔をした。

傷が痛むのだろうか。

そう心配していると、ロイスは目を逸《そ》らした。

「その…奥方様は何か……反応は……？」

「反応？　ああ、トゥルと呼んでほしいと言ったら、困っていたかな。トゥライビスより呼びやすいと思ったのだけれど、辺境地区の人には言いにくい発音なのかな」

「……いや…それは違うのでは……だがしっかりした女性なら…殿下とは相性は悪く

ない…のか?」

ロイスが何かつぶやいている。

だが、その間も息が少しつらそうだ。強い薬には強い副反応があると聞く。平気な顔をしているが、痛みもあるはずだ。もう休ませておく方がいいだろう。

「寝ていたのに、邪魔をしてしまったね。君たちはこれからすぐに出発しなければいけないが、ブライトル領内では、伯爵夫人のご兄弟たちが同行してくれることになったよ。王都風の馬車を操ってみたい、という口実だったかな。君たちはその間は眠っているだけでいい。領外に出るまでに、できるだけ回復をしなければいけないよ」

「いろいろ…ご配慮をいただいて……もう終わりかと思いましたが……この調子なら任務を全うできそうです」

「うん、あと一息、頑張ってほしい」

「ブライトル伯爵に……我らが感謝していたことをお伝えください」

「必ず伝えよう」

「殿下がこの地で穏やかな日々を送れますよう……心よりお祈りいたします」

「ありがとう」

私が頷《うなず》くと、ロイスは気が抜けたのだろう。小さくため息をついた。熱が出ているのかもしれない。

医師は、明日には動くことができるようになるだろうと言っていた。その言葉を信じるしかない。できることならゆっくり休ませてやりたいが、それは許されない。彼ら自身と、王都で人質同然になっている彼らの家族のために、今日中に王都へと出発しなければならない。

無事に帰り着けるように、祈るしかできないのがもどかしい。

「……殿下」

ベッドから離れかけた時、呼び止められた。

振り返ると、ロイスは私をじっと見つめ、それからわずかに頬を緩めた。

「この地の方々の話をしている殿下は…とても穏やかな顔でした」

「そうだったかな」

「ええ…久しぶりに拝見しました。陛下にもお伝えします。……お袋の墓参りに…最高の土産ができたな」

ロイスは笑った。

だがそれが限界だったようで、すぐに目を閉じてしまった。

私は足音がしないように静かに移動して、扉の前でもう一度振り返る。私の気配が遠のいたこともあって、ロイスはまた深く眠ったようだ。呼吸に合わせてゆっくりと胸が動いている。

「……どうか、元気で」

そっとつぶやいても、もう目を覚まさない。

私は扉を開く。廊下には伯爵軍の騎士が待っていた。

「彼らを頼んだよ」

「お任せください。ご夫君様」

丁寧に礼をした騎士は、控えている従者たちに合図を送る。

従者たちは静かに病室に入り、意識のないロイスを担架に乗せた。他の病室からも、私の護衛を果たしてくれた者たちが担架で運ばれていく。自分で動くことができる者は、すでに出発の準備を終えていた。

ロイスたちがいなくなれば、私は辺境の地に一人だけ残されることになる。王都生まれのあの人が考えそうな嫌がらせだ。きっと辺境地区を野蛮な地獄とでも思っているのだろう。

頑丈な壁に開いた小さな窓から外を見る。かすかな喧騒《けんそう》は、王都へ向かう馬車があるあたりからだろうか。やがてその喧騒は消え、屋敷の中の賑《にぎ》わいばかりが聞こえるようになった。

皆は出発したようだ。私は一人になってしまった。

だが、思っていたより寂しさは感じない。

魔獣が闊歩《かっぽ》する危険な地であろうと、王宮で気を張り詰めながら息を潜めて生きるよりはいい。

それに、風に揺れる木々の葉は青く、空は私が知る空とは趣が違う。建物は見慣れない様式で、そこかしこに用途のわからない装置がある。義父母となった伯爵夫妻は辺境人らしい豪快さと冷静さを併せ持ち、私の身の安全を約束してくれた。

そして、私を守るために犠牲になったオルテンシア・ブライトル嬢。強い目をした華奢《きやしや》な少女は、私をもてなそうと一生懸命に心を配ってくれた。

あのまっすぐな赤い目を思い出すと、なぜかほっとする。きっと信頼していい人物だからだろう。

「父上のお言葉通り、ここは良いところのようだな」

寂しさに囚《とら》われる以上に心が弾む。こんな気分になったのは久しぶりだ。いつ以来だろう。

少しだけ、気を緩めてもいいのかもしれない。

第二章　中庭の日常

結婚式の翌朝。

朝の食事へと向かいながら、私はこっそりため息をついた。

ブライトル家では、食事はいつも食堂でとることになっている。王都近郊の貴族たちは寝室で朝食をとると聞くけれど、この辺境地区ではそんな習慣はない。

できるだけ食べ物を自室に持ち込まないためだ。

辺境地区には魔獣が多く出没する。大型の魔獣は人家から離れた場所でしか見ないけれど、小型のものなら日常的に見る。小型だからといって全てが無害ではない。うっかり寝室に入り込まれると、寝ている間に手足をかじられてしまうこともある。

そんな危険があるから、魔獣の餌となりそうなものは置く場所を限定している。領主一族にとっても、食事は食堂でとるものなのだ。

でも、今朝はとても気が重い。

（……食堂に行けば、殿下と顔を合わせるわよね？）

婚礼の儀式を終えたので、トゥライビス殿下は私の「夫」になった。対外的には、ブライトル伯爵家が殿下の庇護者となったことを示している。

でも、それがまた悩ましい。

私たちは「白い結婚」だから寝室は別。殿下には屋敷で一番居心地の良い部屋をご用意していて、昨夜の就寝の挨拶をしてからまだお会いしていない。

殿下は穏やかで友好的な方だ。でも正式な「夫」ではあるけど遠い他人のままの人に、どんな挨拶をすればいい？

「……『おはようございます』の後は、何をお話しすればいいのかしら？」

悩みすぎているせいで、思わず独り言をつぶやいてしまった。

小さな声だったはずだけれど、後ろに従っているメイドのナジアには聞こえたようだ。ナジアはこほんと控えめな咳払いをした。

「困った時は、天気の話をなさってはいかがでしょう」

「そうね、天気の話なら……ああ、でもそれも難しいかもしれないわ」

とてもいい案のように思えたけれど、私はすぐにまた考え込んでしまった。

ブライトル領では空は白く曇っているのが普通で、私たちはこの状態を「晴れている」と言っている。でも気象の学問書に従えば、今朝の空は「曇り」になる。王都の天候が我が国の基準になっているから、殿下も空を見上げると「曇り」だと思うはず。

あの方は王子殿下。身分を考えれば、私が殿下の基準に合わせるべきだ。でも殿下は、残りの一生をこの地で過ごす覚悟をしていると言っていた。ならば、この地の風習に馴染《なじ》んでいただけるように、晴れと言ってもいいのかも……。

「……だめだわ。考えすぎてよくわからなくなった」

思わずため息をついてしまう。

ナジアは礼儀正しく聞こえなかったふりをしてくれた。でもちらりと振り返ると、ナジアの口元にほんのりと笑みが浮かんでいる。

仕方がない。

こういうところがあるから、私は子供扱いされてしまうのだ。

こっそりまたため息をついた時、メイドが早足でやってくるのが見えた。ナジアと同じくらいの年齢で、ずっとお母様付きだったメイドだ。今はトゥライビス殿下付きになっているはず。

あんなに慌てて、どうしたのだろう。首を傾げようとして、そのメイドが青ざめていることに気が付いた。

「何かあったの？」

「オルテンシアお嬢様……いいえ、若奥様、大変でございます。ご夫君様がいらっしゃいません！」

ご夫君という言葉に慣れなくて、私は一瞬ドキッとする。

でも、私は平気なふりをして聞き返した。

「殿下がいないって、どういうこと？」

「朝のお支度をお手伝いするつもりで控えていましたが、いつまで経《た》ってもお呼びがなくて。長旅の後ですし、お疲れかもしれないと今までお待ちしていましたが、そろそろご様子をうかがおうと入ってみたのです。そうしたら、お部屋のどこにもお姿がありませんでした！」

「お部屋にいないの？……あ、もしかして、外に木を見に行ったのかしら」

そう思いついたのは、昨日の会話を思い出したからだ。

殿下は、私たちが見慣れている木をとても面白そうに見ていた。早起きをして見に行ったとしてもおかしくない。

でも、メイドはとても慌てている。

どうしてそんなに慌てているのだろう。首を傾げて、私はメイドが何を案じているのか、やっと悟った。

悟った瞬間に青ざめた。

念のため熟練メイドとしての意見を聞くために、私はナジアを振り返った。

「……王都の方々は、魔獣と植物を見分けられるものかしら？」

「おそらく、見分けることはできないのではないでしょうか」

言葉は静かながら、ナジアの顔も硬い。私は思わず殿下付きのメイドと顔を見合わせてしまった。この場にいる全員の顔色が悪くなっている。

私の心臓は騒がしいほど速く打っていた。でもそれをできるだけ意識しないように心がけ、ゆっくりと深呼吸をする。

子供っぽさが抜けなくても、私は領主の娘。領主の後継者だ。使用人たちの前で動揺を見せるべきではない。

まずは落ち着こう。

「もしかしたら、屋敷の中で迷っていらっしゃるかもしれないわ。あなたは屋敷の中を捜してちょうだい。私は外を見てみます」

「捜索のために、他にも人を呼びますか？」

「ただ散歩を楽しまれているだけかもしれないから、できるだけ騒がずにいましょう。もし危険魔獣の気配があったら、すぐにお父様に報告して」

「かしこまりました」

私の指示に、メイドは少し落ち着いたようだ。さっきより表情が穏やかになった。

歩き去る歩調も落ち着いている。

反対に、私は精一杯の早足で中庭へ出た。


私たちが「中庭」と呼んでいる場所は、建物に囲まれている場所だ。

伯爵家の屋敷とその周辺の建物によって隔離されているから、安全面では問題ないと思っている。危険な大型魔獣が入り込まないような対処もしている。

でも庭園というより林をそのまま切り取ったような場所だから、手入れをしていても辺境地区の森のような趣がある。草は一晩で生えてくるし、成長の早い木は思いがけないところに枝を伸ばす。地中の虫が活発に動けば、前日にはなかった岩が突然地表に出ていたりもする。

慣れていても、気を抜くと早足程度でも転びそうになる場所だ。焦る気持ちを無理やりに抑えつけ、私は意識して歩調を緩めた。

辺境地区は植物の活動が活発なだけでなく、魔獣の数もとても多い。辺境地区の歴史は魔獣との戦いの歴史でもあり、物語には恐ろしい外見の魔獣が必ず出てくる。

でも魔獣と言っても、人間を襲う恐ろしい存在ばかりではない。植物にしか見えない魔獣も存在している。

例えば、渡り廊下の床でゆらゆらと揺れている黄色いもの。植物か、鳥の羽根が落ちているだけに見えるけれど、あれは魔獣だ。

この辺りでは「アバゾル」と呼んでいる。

古い言葉で「揺れる植物」という意味で、名前の通り植物そっくりの形態の魔獣だ。揺れているのは風を受けているのではなく、呼吸をしているかららしい。もちろん魔獣なので、夜になるとゆっくりと移動する。

一般的には苔《こけ》が主食と言われているけれど、ブライトル伯爵家の屋敷に住み着いているアバゾルは、なぜか埃《ほこり》を食べる。周囲に他のものがあっても、埃だけを食べている。おかげで、メイドたちに受けがいい魔獣だ。

それにこの魔獣は、夜行性のような生態なのに、太陽の光が当たらない場所にいるのは苦手らしい。だからメイドたちは、たまに大掃除と称してアバゾルを倉庫に入れて埃を食べさせて、数日経ったら光で誘《おび》き出《だ》して外へと戻している。おとなしくて有用な魔獣として、昔から大切にされてきた。

でも、アバゾルは例外的な魔獣だ。有害ではないけれど、関わると痛い目に遭ってしまう魔獣も多い。

花のように見えるのに触ると針で刺す魔獣。花に集まる蝶《ちょう》のような姿なのに鋭い牙を持つ魔獣。かわいい子猫のように見えても、実は巨大な魔獣の擬態かもしれない。

この辺境地区では、見た目に騙《だま》されてはいけないのだ。

――という基本的な話を、お父様は殿下にしてくれただろうか。王都育ちの高貴な方は、見慣れない生物に触れるべきではないとご存じだろうか。

茂みの奥や木の根元を見て回る間も、殿下の喉にあった古傷が頭から離れない。あの傷は明確な悪意によってつけられたものだった。でもこの地では、悪意を持っていない存在でも対応を間違えればとても危険だ。

あの穏やかな方の肌に、新たな傷痕が増えてしまったらどうしよう。命をお守りするためにお迎えしたのに、そんなことになったら意味がない。

怪我をした姿を想像して思わず足を速めかけたとき、視界の端に何かの輝きが見えた。

太陽の光を受けて、きらりと輝いている。蜂蜜のような金色だと気が付いて、私は急いでそちらへと向かった。

低木の茂みの向こうに、明るい金髪がはっきりと見えてきた。

はやる気持ちを抑えて、私は足元に気を付けながら歩いていく。金色の輝きは、やっぱりトゥライビス殿下だった。

ほっとした私は、同時に思わず首を傾げて足を止めてしまった。

殿下は草の上に座っていた。

それはいい。上質な衣服に草や土がつくことを気にしないのは意外ではあるけれど、昨日の気さくな殿下を思い出せば、そういうこともあるだろうと思う。

でもトゥライビス殿下は、一歩ほどの距離を置いた地面を見ている。

その横顔はとても真剣で、声をかけていいものか迷ってしまう。背後をそっと振り返ってみたけれど、ナジアも困惑しているようだ。

ナジアが対応を迷うのなら、子供でしかない私が戸惑うのは当たり前だ。そう考えると少し気持ちが楽になり、いつもの落ち着きを取り戻す事ができた。

「私はここで殿下をお待ちしてみるわ。さっきのメイドに、殿下が見つかったと知らせてくれるかしら」

「それでは、お嬢様の付き添いがいなくなってしまいます」

「中庭だから危険はないはずよ。殿下のことは皆が心配しているだろうから、早く伝えてちょうだい」

「……そうですね。中庭ですから密室ではありませんし、問題はないかもしれませんね。かしこまりました。ですが、お嬢様も早めにお戻りくださいませ」

少し迷いを見せたけれど、ナジアは素早く屋敷の中へと戻っていく。足音を立てないのに、とても足が速い。

その軽やかな足取りを羨ましく見送ってから、ナジアが気にしていたのは「白い結婚」についての規定だと気が付いた。

私はやっぱりまだ子供のようだ。考えが足りていなかった。中庭は密室ではないから問題はない……と思っておこう。

ため息まじりに苦笑して、低木の方へと目を戻す。殿下はまだ座ったままで、相変わらず地面を見ている。

(この中庭に、そんなに面白いものがいたかしら)

そう首を傾げた時、殿下が振り返った。何の前兆もない。何かに驚いたのではなく、気配を確かめるためでもなく、私がいると確信していたようにごく自然に振り返って、茂み越しに私に笑いかけた。

「おはよう、オルテンシアちゃん。いい天気だね」

昨日と同じく、穏やかできれいな笑顔だ。私がさんざんに迷い続けた挨拶の言葉も、気負いなく口にする。

殿下が口にすると自然に聞こえるし、とても簡単なことだったように思えてきた。ナジアが言った通り、天気の話は万能のようだ。それとも殿下だから、こんなに自然に聞こえるのだろうか。

「おはようございます。でも王都風にいうと、あまりいい天気ではないのではありませんか？」

「ここでは『いい天気』というのだろう？　だったらそれでいいと思うよ」

殿下はふわりと微笑む。

思わずそのきれいな顔に見惚れかけたけれど、私は自分の役目は忘れなかった。

「おくつろぎ中とは思いますが、朝の食事の支度ができています」

「ああ、そうか、朝食か」

眉を動かした殿下は、困ったようにお腹《なか》に手を置いた。どうやら朝食のことを忘れていたようだ。

でも殿下は、すぐには立ち上がらない。逆に私を呼ぶように手招きする。そばへと行ってみると、近くの地表を指差した。

「夜中に、あれが動いているのを見つけたんだ。朝になってもまだ窓に這《は》い上《あ》がろうとしていたから、外に出たいのかと思って外に出してみたのだよ」

夜中？　窓に這い上がる？

首を傾げながら、殿下が示している方向を見た。

殿下が座っているのは、日当たりのいい場所だ。緑色の葉の芝生が広がっている。

でもトゥル様が指差したのは芝生ではない。もっと鮮やかな黄色いものが、ゆらゆらと揺れている。

羽毛のような触角を伸ばしたアバゾルだ。もう朝なのに、こんな明るい場所にいるのは珍しい。

そう考えてから、私ははっとして殿下に目を戻した。

「もしかして、それに触りましたか？」

「触っていないよ。何が毒か、私にはまだわからないからね」

そう言って、でもすぐに首を傾げた。

「特に襲いかかってくる様子はなかったから、洗面用の皿に載せて運んでみたんだ。植物のようにも見えるけれど、夜中の動き方は植物ではない気がする。これはいったい何だろう？」

植物がお好きなだけでなく、辺境での対応方法についての知識も持っていたようだ。

私はほっとしつつ、殿下の疑問にお答えすることにした。

「殿下。それは植物ではありません」

「……そうなのか」

殿下の声は少し沈んでしまった。辺境地区では植物が動くと期待したのだろうか。期待させてしまったのなら申し訳ない。

子供のようにがっかりした様子がなんだかおかしくて、私は笑いを必死で抑え込みながら言葉を続けた。

「私たちは『アバゾル』と呼んでいます」

「アバゾル……動く植物、という意味だね。でも植物ではないと言ったよね？」

「はい。植物ではありません。魔獣です」

「……これが魔獣？」

今では使われていない古い言葉なのに、殿下は当たり前のように翻訳した。王宮では立場がとても弱いと聞いていたけれど、身につけた教養は並外れているようだ。

さすが王子殿下だ。

それに魔獣と聞いて興味が増したようで、ふわふわと揺れているアバゾルの黄色い姿をまじまじと見つめている。

外から来た人は、魔獣と聞くととても驚くか、無差別に怯《おび》えるかが多い。でもこの王子殿下は、子供のように豊かな表情で興味を示してくれた。辺境地区のものは拒絶されるかもと心配していたから、よかったと思う。……でも殿下の言葉にふと引っ掛かりを覚えた。

(何かしら。今、殿下がとても気になることをおっしゃった気がするわ。見慣れないものに興味を持っても、直接触らずにお皿に入れて運んだというのは正しい対応だけど。でもその前に、何か……何だったかしら……あ)

しばらく悩んでから気が付いて、全身が強張《こわば》りそうになってしまった。それを無理やりに深呼吸で緩ませ、殿下に向き直った。

「先ほど、殿下は『夜中に見つけた』とおっしゃっていたようですが」

「うん、なんだか気配がしたから目が覚めたんだ」

ごく当たり前のように殿下は言う。でも、本当にそうならとんでもないことだ。

アバゾルは姿だけでなく、存在自体が植物に似ている。気配まで植物のようだとお母様がこぼしていた。

そんなアバゾルの気配に気付くなんて、そんなことが可能なんだろうか。動くと言っても、ナメクジほどの動きなのに。

でも実際にトゥル様はアバゾルの気配に気付き、中庭へと連れ出した。だからきっと本当に気配に敏感なのだろう。

となると、なぜ殿下の部屋にアバゾルがいたか、という事が問題になってくる。私は血の気が引くのを感じた。

「大変な失礼をしてしまいました。殿下の部屋を用意するときに、アバゾルを使ったのかもしれません」

「ん？　このアバゾルを何に使ったのかな？」

「掃除です。この屋敷にいるアバゾルは、埃を好んで食べるのです」

殿下がゆっくりと瞬きをした。

青と緑を混ぜたような目の中で、急に緑色の光が強まったような気がする。

「埃を食べるなんて、便利な魔獣だね。それに太陽の光を好んでいるように見えるけれど、気のせいだろうか」

「アバゾルは夜に動きますが、長く光に当たらないままではしおれてしまいます。その姿も植物に似ています」

「なるほど。光が当たらない場所にいたから、これは弱っていたんだね」

そうつぶやく横顔に、柔らかな微笑みが浮かんだ。アバゾルを見る目がとても優しい。愛《いとお》しんでいるように見えた。

でも今は思いがけない笑顔に目を奪われている場合ではない。私はぎゅっと手を握りしめた。

「掃除に使った後は必ず回収するのですが、殿下のお部屋では回収漏れがあったようです。無害とはいえ、大変に失礼しました」

私は深く頭を下げた。

夫となった人に対してではなく、王族への最大の敬意を示すために。

でも、殿下は無言だった。私を見てもいない。

やはり気分を害しているのかもしれない。いくら私が無害だと説明しても、それが本当かどうかなんてわからない。魔獣を寝室に置くなんて、命を狙ったと誤解されてもおかしくないことだ。

どうすればいいのだろう。

こっそり焦っていると、殿下がつぶやいた。

「……これ、触ってもいいかな？」

「え？」

「幼い頃に、乳母から魔獣は危険だと散々言われていたんだ。だから直接は触らないようにしている。ただね、見た目通りに柔らかいのか、とても気になっているのだよ」

「……えっと、それは……」

おそるおそる顔を上げた私は、口ごもってしまった。

どうやら殿下は、怒ることも誤解もしていない。それは良かったと思う。でもアバゾルに触ってみたいというのは……そのお気持ちは、とてもよくわかるけれど。

私は悩んだ。

その間も、殿下はゆらゆらと揺れているアバゾルをじっと見ている。とても熱心で、とても興味深そうで、とても楽しそうだ。

「……一般的には、アバゾルに触れることはお勧めしません。毒を持つ種類がいるのに、見分けることができないからです」

悩んだ末にそう言うと、殿下は私に目を向けた。青と緑の間の色合いの目は、青みが強くなって悲しげに見える。

だから、つい言葉を足してしまった。

「ただ、我が屋敷に住み着いている埃を食べるアバゾルについては、触っても大丈夫でした」

「でした、ということは、もしかして君は触ったことがあるの？」

「はい、子供の頃によく触りました。メイドたちも、大掃除の時は腕いっぱいに抱えて運んでいますよ」

「それは、できれば見てみたいな」

腕いっぱいという言葉で、その情景を想像したのだろう。殿下は笑った。明るくて、楽しそうで、まるで子供が悪戯《いたずら》を思いついた時のようだ。その笑顔のまま、ゆらゆらと揺れているアバゾルに手を伸ばした。

ゆっくりゆっくりと手を近付けて、細く伸びている黄色の先端に軽く触れる。

美しい形の眉が、優雅に動いた。手はもう少し大胆に枝分かれした黄色を撫《な》で、木の幹のような本体にも触れる。長く黄色い触角が殿下の指に絡み付いて、またゆらゆらと離れていった。

「面白いね。柔らかくてふわふわしているのに、どこかしっとりしている。植物と違って体温を感じるのに、温かくはない」

「魔獣ですから」

「そうか。魔獣だからか」

殿下は目を少し見開いたけれど、やはり楽しそうに笑っている。さらに何度もアバゾルに触った。

黄色い触角はもう一度指に絡み付いたものの、アバゾルは逃げるように殿下から離れようとしている。

「おや、私は嫌われてしまったかな？」

そう言って笑い、軽く本体を指先で突いた。

アバゾルは迷惑そうに揺れた。それでもやっぱり攻撃する様子はない。埃を食べるアバゾルは、触りたがる人間にも慣れているのだ。

とても平和な光景だった。

殿下が触っているものは魔獣で、殿下は国王陛下の第二王子で、私の夫でもある。

あらゆる事が、とても不思議な気がする。

でも今のこの瞬間も、食堂で待っている従者やメイドたちは気を揉んでいるはずだ。

私は本題に戻ることにした。

「殿下。そろそろ食事に行きませんか？」

「そうだったね。私は朝は食べなくても平気だが、皆に合わせるべきかな」

「……王都も三食だと聞いていましたが、違いましたか？　それとも、もっと遅い時間にするべきでしょうか」

「この時間で構わないし、普通は三食だと思うよ。ただ私の場合は、食べても命に関わらないものが用意されるとは限らなかったからね。食べなくても平気なんだ」

思わず聞き返したくなるような、でもお聞きしてはいけないような、意味が深すぎることをさらりと言って、殿下は立ち上がった。

それと同時に硬い音がした。

何の音だろうと何気なく目を向けると、殿下は腰に剣を帯びていた。

一見すると優雅な装飾品の一部のように見えるけれど、トゥル様の剣はしっかりした作りだ。柄《つか》の飾り模様がわずかに丸く磨かれているから、かなり使い込んでいるのだろう。

全く気付いていなかったから、思わず剣に見入ってしまう。

まだ座ったままの私に、殿下は手を差し出した。重い剣を意識させない動きは王都風で、とても優雅だ。

「君の食事はもう済んだ？」

「いいえ。これからです」

「もしかして、私を捜しに来たせいで遅れたのかな？　申し訳なかったね。では、一緒に食事をしていただけるだろうか」

「は、はい。もちろんです」

「それから、私のことはトゥルと呼んでほしい」

「……善処します」

殿下の――トゥル様の笑顔から目を逸らし、私は差し出された手に自分の手を重ねた。

結婚式の時にも思ったけれど、トゥル様の手は大きくて、意外にしっかりと硬い。剣を握り慣れた手だ。

お父様の手に似ているようで、でももっと美しくて、とても礼儀正しく動く。そんなことを考えていたら、軽く握られた。

驚いて身を硬くしてしまう。その一瞬を狙ったように、トゥル様はぐいと引っ張る。私の体は簡単に浮き上がり、難なく立ち上がっていた。

優美なお姿に似合わず、トゥル様は力もあるようだ。

トゥル様の意外な一面を知るたびに、ドキドキしてしまう。

どうしたのだろう。今日の私の心臓は落ち着きがない。高貴な王子殿下は好奇心旺盛で、心が広く、洗練されていて、剣も使える。その意外さに驚いただけだ。

それだけのはずなのに……動揺は収まらなかった。

◇

薄く曇った空が広がっている。

辺境地区の流儀に従って言えば「よく晴れた日」だ。鮮やかな青い色は見えないけれど、空全体が明るい。

お父様の代理として領民の陳情の対応を終えた私は、廊下の窓から空を見上げながら「夫」のことを考えていた。

トゥライビス殿下をブライトル領にお迎えして、一ヶ月が過ぎた。

王宮育ちの方だから馴染んでいただけるか心配だったけれど、辺境地区の生活をそれなりに楽しんでいるようだ。朝は使用人たちが気付かないうちに部屋を出て、中庭の植物を楽しそうにご覧になっている。だから、朝食の時間になったら私が探しにいくようにしている。

ただ、人が多くなる時間は部屋で過ごすらしい。やはりまだ完全に安心していただくまでには至っていないようだ。

「……まあ、仕方がないわよね」

再び歩き始めながらため息をついた時、視界の端に金色の輝きが見えた。

慌てて足を止めて目を向ける。トゥライビス殿下――トゥル様が中庭に面した回廊を歩いているのが見えた。

「あら、ご夫君様がこの時間に部屋の外にいるのは珍しいですね」

メイドのリンナが首を傾げた。

確かに珍しい。毎日中庭でお過ごしになっているけれど、今までは朝食前の時間だけだったから。気になるものがあったのだろうか。

「ご夫君様は、いつも何かを見つけていますよね。昨日は虫をじっと見ていましたよ」

「そうだったわね」

「あんなにきれいな王子様なのに、なんだか子供みたいです」

「リンナ。ご夫君様に対して失礼ですよ」

「あ、はい。失礼しました！」

ナジアに注意されてリンナは慌てている。でも私も同じことを考えたから、とがめる気にはなれない。

なんとなく曖昧に目を逸らした間に、トゥル様の姿が見えなくなっていることに気付いた。やはり中庭に出たようだ。

「……見に行ってみようかしら」

好奇心に負けて、私はついつぶやいてしまった。

中庭でトゥル様を探す時、運が良ければ鮮やかな金色の輝きをすぐに見つけることができる。運がなければ、しばらく歩いて探さなければいけない。

今日は運がいい日のようだ。ぐるりと見回してすぐに、蜂蜜の色と同じ明るい金色が見えた。

トゥル様だ。

予想通り、草の上に直接座っている。

もう少しだけ近付いてみた。落ち葉や小枝を踏んで音を立ててしまったけれど、トゥル様は顔を上げない。

(私に気付いていないのかしら)

そんなに熱中しているのなら、邪魔をするべきではない。

引き返そうと足を止めたけれど、トゥル様はとっくに私に気付いていたようだ。私が背を向ける前に、こちらを向いて緩やかに微笑んだ。

「オルテンシアちゃん、仕事は終わったのかな？」

「は、はい。終わりました」

今まで何も聞かれることはなかったから、無関心なのかと思っていた。でもトゥル様は私が領主代理として仕事をしていることは知っていたらしい。

意外だと驚いてしまう一方で、生き物以外もきちんと見てくれているのだと思うと何だか嬉しい。

こっそり感動していると、トゥル様は地面へと目を戻して首を傾げた。

「あれ、またいなくなったな」

そうつぶやいて、きょろきょろと周りを見ている。

「何を探しているのですか？」

「大きな羽虫だよ。時々、ここで変わった虫を見るんだ。でも目を離すとすぐにいなくなってしまう。見かけたのは三回目、いや五回目くらいかな」

それで、私が近くに来るまでじっと見ていたようだ。

なんだか申し訳なくなって、私は謝罪することにした。

「お邪魔をしてしまい、申し訳ございません」

「ああ、君のせいじゃないよ。虫は自由に来たりいなくなったりするから、見ていて楽しいんだ。それに、この花は逃げていないからね」

　そう笑って、じっと見ていた辺りにあった花びらの大きな花を指差した。

「この花、いつもこんなに色が変わるのだろうか」

　逃げてしまった羽虫以外にも興味を引くものがあったらしい。

　私もトゥル様の隣に座った。

「その花はエバータです。七色の花と呼ばれていますから、日によって変わるのは普通です」

「普通なんだね。では、明日はまた色が変わるのかな。でも開花しているのを見つけたのは八日前だから、そろそろ散るかも……ん、これは散る花でいいのかな？」

　トゥル様はそんなことをつぶやいては、花びらにそっと触れている。

　エバータは辺境地区では平凡な花だ。八枚の大きな花びらを持っていて、野原から石畳の隙間まで、土がある場所ならどこでも見かける。

　でも、エバータは王都にはない植物だったらしい。トゥル様がとても興味深そうに見ているから、私も改めて眺めてみた。

（私にとっては普通の野草だけれど、花の色はとてもきれいだわ）

　エバータの花は真っ白な蕾《つぼみ》から始まる。ほころぶにつれて黄色くなり、鮮やかな赤色を経て、澄んだ青紫色へと変化していく。幼い頃は好みの色になるととても嬉しかった。

トゥル様が見つめるエバータの花は、赤みが残った青色。私の経験から考えると、そろそろ散る時が近付いているだろう。

「ところで、ずっと気になっていたんだが」

久しぶりにエバータをじっくり観察していると、トゥル様がふと私を見た。ただ見ただけではなく、何か言いたそうな表情をしている。

もしかして、また眉間に皺《しわ》を作っていたのだろうか。従兄弟たちに老人のようだと笑われたから、気をつけていたつもりだったけれど。

私は慌てて微笑みを作り、背筋を伸ばした。

「何でしょうか」

「君はまだ十六歳だよね？」

「はい」

「なのに、なぜ髪を上げているのだろう？　私の髪型が気になっていたようだ。

どうやら眉間の皺より、私の髪型が気になっていたようだ。

我ながら、まとめて結った髪型は似合っていないとは思う。色香のようなものはまだどこにもないし、体の肉付きも薄い。そのせいで髪型だけが浮いて見えるのだ。

でもこういうのは慣れだ。見慣れてくれば誰も気にしなくなる。それに遅れ気味の成長が人並みに追いつけば、きっと馴染むはず。そう開き直っている。

「私はトゥル様と結婚しました。だから既婚者らしい髪型にしていますが、お気に召しませんか？」

「気に入らないというわけではないんだが……いや、やっぱり気に入らないのかな」

トゥル様はそう言って、手を伸ばした。

きれいな手だ。爪の形がきれいだし、王都の貴人らしく手入れもよくしている。でも手のひらだけは武人の手のようだ。

そんなことを考えながらつい目で追っていると、トゥル様は私の髪に挿していたピンに触れた。

(歪《ゆが》んでいたのかしら？)

そう思った次の瞬間、髪をまとめているピンを無造作に抜いてしまった。

「……えっ？」

今朝、メイドたちが苦労してまとめてくれた細くて癖のない髪が、ぱさりと肩に広がった。

私が呆気《あっけ》に取《と》られている間に、トゥル様は髪を手で丁寧に広げ、軽く指を通していく。どうやら手櫛《てぐし》で整えているようだ。やっとそう気付いたけれど、驚いてしまって身動きすらできない。

一通り整えて、それで終わりかと思ったら、一筋二筋を指にとって器用に編み始めた。鏡がないから何がどうなっているか見えないけれど、指の動きは手慣れていて、メイドたちに整えてもらう時と変わらない。

(えっと……そう言えば、トゥル様はご自分で髪も整えているわ。だからこんなに器用なのね)

やっとそんなことを思い出していると、手が止まった。

すかさずメイドが紐《ひも》を差し出す。笑顔で受け取ったトゥル様は、その紐できゅっと髪を縛った。さらに少し考えてから、ご自分の髪につけていた飾り紐を解くと、編み込んだ髪に飾りとしてつけたようだ。

少し離れていろいろな角度から確認し、トゥル様はやっと満足そうに頷いた。

「王都では、君くらいの年頃の令嬢たちはこういう髪型をしていたよ。もっと華やかな飾りをつけていたけれどね。オルテンシアちゃんはまだ十六歳なんだ。だから、もっと年齢に相応《ふさわ》しい格好をしていいと思うよ」

「でも、私はもう既婚者です」

「既婚女性が髪を上げなければいけないという法はない。実際、王都ではほとんど廃れた習慣だ」

「え、そうなんですか？」

思わず聞き返して、私はトゥル様が面白そうな笑みを浮かべていることに気付いた。

（これは……もしかして、からかわれているの？）

トゥル様はいつも誠実に応対してくれる。でも今のお顔は、嘘《うそ》を教えられているかもしれないと疑いたくなるほど、悪戯っ子のような顔だ。

……と思うけれど、確かに王都の土産としてもらった絵では、夫の帰りを待つ健気《けなげ》な王女が髪を下ろしていた。

有名な物語の一場面だったたし、絵としての美しさを優先した演出だと思っていた。演出としてそういうことがよくあるのなら、トゥル様が言うように、既婚女性の髪上げは古くてカビの生えた習慣なのかも……いや、今日のトゥル様は私を子供扱いしているから、やっぱり騙されている気もする。

「……私、大人っぽいまとめ髪は好きです」

「オルテンシアちゃんが好きでやっているのなら仕方がないけれど、私は髪を下ろしている君の方がかわいいと思うよ？」

トゥル様はそう言って笑う。のんびりとしたとても明るい顔だ。でも青と緑の中間のような色の目は、すぐに七色の花へと戻ってしまった。

「ん、また一段と深い色になったかな？　ちょっと目を離しただけなのに、さっきより青みが強くなっている気がする」

驚いているトゥル様は、本当に嬉しそうだ。

私も、エバータの花はとてもきれいだと思う。あと少し青みが強くなった瞬間が一番好きだ。幼い頃はその瞬間を見逃して泣いてしまって、従兄弟やメイドたちを困らせた。

それにしても……トゥル様は女性への言葉は飾り立てなければいけないと思っているのだろうか。王都の貴族らしいと思うけれど、私にまで当てはめなくてもいいのに。

呆《あき》れているつもりなのに、慣れない褒められ方だったから、ほのかに頬が熱い。

頭を少し動かすと、トゥル様がつけてくれた飾り紐も動いた。何だか落ち着かない気分になってしまう。

少し離れたところにいるメイドたちが、微笑みながらもじもじと身じろぎをしたり、目を逸らしたりしている。

（私、そんなに顔が赤くなっているのかしら）

……落ち着こう。

私は小さく咳払いをして、トゥル様から目を逸らしたまま立ち上がった。

「色の変化が早くなっていますから、その花は夕刻前には散るかもしれません。これから急激に色が変化していきますから、目を離さない方がいいと思います。昼食はこちらに運ぶように手配をしておきましょう」

「君は？」

「私は食堂でいただきます」

くるりと背を向けて、屋敷の中へと戻ろうとする。

でも歩き出す前に、突然手首をつかまれた。驚いて振り返ると、手首を握っているトゥル様が私を見上げて微笑んだ。

「王宮にいた頃は、他人と同席する食事は緊張する時間でしかなかった。でもこの地に来てからは楽しいんだ。だから、君もここで一緒に食べてほしい」

「え、でも私は……」

「そこの君、私たちの食事はここに運んでもらえるかな？　できれば手軽に食べられるような形になっていると助かるよ」

「かしこまりました！」

控えていたリンナが、笑顔で走っていってしまった。トゥル様の言葉を料理長に伝えに行ったらしい。私はまだ何もお答えしていないのに。

戸惑いが顔に出てしまったのだろう。私の手首から手を離したトゥル様は、少し慌てた顔をした。

「午前は陳情の仕事だけと聞いていたけれど、この後も仕事があった？　それとも、外での食事には何か良くない意味があるのかな？」

「それは問題ありません。昼食までゆっくり過ごすつもりでしたし、子供の頃は私も従兄弟たちとエバータの前で食事をしていました。ここなら掃除をしてくれるものたちもいますから、食べ物をこぼすことがあっても大丈夫ですよ」

「……掃除をしてくれるものたち？　それは動物か何かが……いや、もしかして魔獣だろうか」

「はい。そこにもいますが、テドラという魔獣で……」

「えっ？　どこに？」

トゥル様が慌てたように周りを見ている。でも見つけられない。

それはそうだろう。トゥル様が頭の中で描いているのは、異形の動物のような姿とか、メイドたちがよく利用している植物のような魔獣だろうから。

私は思わず笑ってしまう。でもトゥル様が不思議そうな顔で私を見ているから、急いで咳払いをしてごまかした。

「失礼しました。……テドラは、トゥル様の膝に乗っています」

「えっ⁉」

トゥル様は、慌てた様子で腰を少し浮かす。

ちょろちょろと膝の上を歩いていたテドラは、ころりと転がって草の上に落ちてしまった。

それをじっと見つめ、トゥル様の目が大きくなる。

さすがに怯えるかと心配になったけれど、輝くような満面の笑顔になっただけだった。

「これが魔獣？　いいね、これは面白い！　あ、触っても大丈夫なのかな？　今まで君が何も言わなかったということは、触ってもいいんだよね⁉」

「はい。ご存分に。と言っても、小さすぎてあまり触った感覚はないと思いますが」

そう答えたけれど、トゥル様は聞いているかどうか。もう夢中になったように、草の上でもそもそと動き出した小さな毛玉――テドラをつまみ上げていた。

大きさは、トゥル様の親指の先くらい。

形はハリネズミに似ていて、硬い棘《とげ》ではなくふわふわとした綿のような毛に覆われている。

地面に落ちた木の葉や枯れ枝などを主に食べるけれど、人間の食べ物も食べる。お掃除屋として庭師たちに愛されている。可愛らしいから私も好きだ。

とても用心深いから滅多に姿を見せないはずなのに、トゥル様の周りにはよく出没する。今までトゥル様は全然気付いていなかったけれど。

「かわいいな。前にも何度か見た事がある。てっきり猫か犬の抜け毛と思っていたよ。触っても毛玉と同じ感触しかないな。体はとても小さいんだね」

「たまに嚙《か》みつきますので、注意してください」

「嚙むだけ？　毒は？」

「百年以上生きた個体は毒を持つと言われていますが、その大きさは十年かそこらですから大丈夫です」

「そうか！　あ、目は三つあるんだね」

「五つです」

「……五つ？　三つしか……もしかして、この点が目なのかな」

トゥル様はテドラに顔を寄せた。さすがに近すぎるのでは、と心配になってくる。いくらおとなしくて毒を持たないと言っても、魔獣なのだから。

とその時。毛玉の中にきらりと小さな牙が見えた。

口を開けたらしい。

私が慌てて声をかけようとした時、リュー、と笛のような鳴き声がした。さらに蛇のような小さな舌がトゥル様の指をぺろりと舐める。

一瞬動きを止めたトゥル様は、ゆっくりと瞬きをした。

「……えっと、これはどういう意味だろう？」

そうつぶやいて首を傾げる。解説を求めて私を見上げたけれど、私は絶句してしまってすぐには言葉が出てこなかった。

テドラはおとなしい魔獣だ。

でも魔獣だから、小さくてかわいい外見でも油断してはいけないし、決して侮ってもいけない。魔獣は人間に馴《な》れても馴染みすぎないし、決して屈しない存在なのだ。

とはいえ、何事にも例外がある。テドラという魔獣が示したトゥル様への「敬愛」は、明らかに例外だった。

もう一度、リュー、とテドラが鳴く。

その声で我に返った私は、驚きすぎたことをごまかすために咳払いをした。

「もしかして、トゥル様は魔獣に好かれる体質ですか？」

「馬には好かれていたと思うけれど、今まで魔獣に接したことがないからわからないな。王都では騎獣を遠くから見るくらいだったからね」

「では、その騎獣たちの反応はどうでしたか？」

「どうだろう。近衛隊の翼竜たちは、離れた場所にいたのに私をじっと見ている気がしたから緊張したな」

トゥル様としては困惑する事態だったのだろう。

でも辺境地区育ちの人間なら別の捉え方をする。この話だけでも、とても好かれていたとわかる。気難しいところもある翼竜でそれなら、テドラのこの敬愛を全面に出した反応は当然だろう。

「おめでとうございます。トゥル様は魔獣に好かれる体質のようですよ」

「えっと、それはいいことなのかな？」

「辺境領主の一族にそういう子供が生まれると、一族総出でお祝いをします」

「そうなんだね。でも、どんないいことがあるのだろうか？」

「まず、騎乗用の魔獣たちに好かれます」

「うん」

「もしかしたら野生種も寄ってきて、新たな騎獣が増えるかもしれません」

「……それは、滅多にないことだよね？」

「はい。ですから一族総出のお祝いになるのです」

私の一族では、亡くなったガザレス叔父様がそうだった。

その叔父様ほどではないけれど、お母様も魔獣に好かれる体質だ。トゥル様はお母様よりいっそう好かれているようだから、私の一族に生まれていれば徹夜の祝宴になっただろう。トゥル様が国王陛下の御子であることが残念だ。

しばらく考えていたトゥル様は、ちょいちょいと手のひらのテドラに触れた。

「ということは、私が君の夫になったのは、この家の利益になるだろうか？」

「利益と言っていいのかわかりませんが、翼竜に好かれる天分もあるのなら、新しい騎乗用の魔獣を得られる可能性は高いと思います」

「……そうか。そうなればいいね」

トゥル様は微笑んだ。

もっと喜んでくれると思ったのに、トゥル様は意外なほど落ち着いているように見えた。表情も中庭でよく見せてくれる、どこまでも明るい笑顔とは違う。もっと静かな雰囲気だ。今までで一番王族らしいと感じた。

高貴で、美しくて、思慮深いだけでなく、第二王子というお生まれに相応しく、損得の計算ができる人の顔だ。

でも私は、いつもの笑顔の方が見ていてほっとする。

すぐ近くをコロコロとテドラが転がってきた。その毛玉のような体を摘《つま》み上《あ》げ、紫色の落ち葉の下に隠れていた別の毛玉も拾う。

あっという間に五体の毛玉が集まった。やっぱりいつもよりたくさんいる。それを全部、トゥル様の手のひらに乗せた。

「見てください。テドラの毛の色は、個体によってかなり違うんですよ」

トゥル様は意図を推し量るように私の顔を見る。でもすぐにふわりと笑って、手のひらのテドラをまじまじと見つめた。

「確かに色が違っているね」

「普通はこんなに一気に見つけられません。だから、幼い頃は従兄弟たちと手分けして、たくさんの色を集めようと必死になっていました。この辺りの子供なら一度は熱中する遊びです」

「では、今の私は、ブライトル領の子供たちの憧れの的かな？」

「はい」

「それは嬉しいな」

トゥル様はとても嬉しそうに笑った。

第二王子殿下なのだから、子供たちに憧れられることなんてどうでもいいはずなのに、とても誇らしそうに見える。

私の気遣いを察して、そういう顔を作ってくれただけかもしれない。それでも、王族らしい端麗な笑顔よりいい。

屋敷の中から、数人のメイドたちがやってくるのが見えた。

大きなカゴとくるくると巻いた敷物《しきもの》を抱えている。昼食にしてはまだ早い。ポットを抱えているメイドもいるから、お茶の支度をしてくれたようだ。

トゥル様に目を戻すと、トゥル様は手のひらのテドラを近くにまとめてそっと置いていた。

でもとても名残惜しそうに見ていたので、メイドたちが敷物を広げて茶器の用意している間に、近くにあった細長い草の葉を使って簡単な容器を作った。容器といっても、草で作る船の形と同じ。その中に集めたテドラを一列に並べてみる。

近くに細長い草しかなかったからこんな並べ方になったけれど、少しずつ色が違う様子がわかりやすい。

一人で満足感に浸ってから、私は草の容器をトゥル様に差し出した。

「いかがでしょう」

「これはいいね！　見ているだけでとても楽しくなるよ」

眺めながら、トゥル様はとても嬉しそうに微笑んでくれた。

エバータの花は、先ほどよりさらに青く濃くなっていた。これから急激な色の変化が始まる。トゥル様は花ばかりを見て、私の存在を忘れてしまうかもしれない。

でも、それはそれでいいのだ。

取り繕わないお姿を見せてくれるくらいに、私やブライトル家への警戒を解いて、信頼を寄せてくれているとわかってきたから。

◇

辺境地区の人間にとって、王都に住む王族は異界と同じくらい遠い存在だ。

そんな王族の一人である第二王子殿下に、伯爵邸の使用人たちはどう対応すればいいか困っていた。命が狙われている有様《ありさま》を見てからは同情し、その優美な姿に戸惑いながら見惚れていた。

そして三ヶ月が過ぎた今は、王都風の優雅な姿で中庭に座っているトゥル様にすっかり慣れたようだ。

朝食前の時間に「また、いらっしゃいませんでした」とトゥル様付きのメイドががっかりした顔で報告に来ることから始まって、どこで見かけたか、どこに向かっていたかという情報が私の元に集まるようになった。

私が探し回る労力を減らそうという心配りと、単純にトゥル様の安全に気を遣っているため、らしい。

美しい容姿と穏やかな物腰のトゥル様は、傲慢さとは無縁の気さくさがある。意外なほど質素な食事を希望されることとか、辺境地区の動植物を少しも否定しない言動などはとても好かれている。

もちろん好奇心旺盛なところも、微笑ましく見守られている要因になっているだろう。

その一方で、使用人たちには不満もある。トゥル様は身の回りのことはほとんど一人で済ませてしまうのだ。

あのきれいな金髪に櫛《くし》を入れて整えて差し上げたいと夢みるメイドは老若を問わず

絶えないし、従者たちは靴の手入れくらいはしたいのにと悔しがっている。

そんな周囲の葛藤も知らず、トゥル様は毎日使用人たちが気付かないうちに部屋から出て、興味を引くものの前に長々と座り、食事の時間になっても気にせずに見ていたりする。

「……そんなに楽しいのかしら」

つい声に出してつぶやいてしまってから、私は慌てて口に手を当てた。第二王子殿下に対して、さすがに失礼だった。

そう反省したのだけれど、私の後ろを歩いている若いメイドたちはこっそり笑ってうなずきあっている。皆同じように思い、でも好意的に見ているのだろう。

私がこほんと咳払いをすると、メイドたちは慌てて笑いを隠した。

今日の天気も晴れ。

薄く曇った中で、太陽は高い位置にある。

もうすぐ昼食の時間だ。そのためにトゥル様を探しにきている。

暇つぶしになればとご案内して以来、よく利用している図書室を訪れたという報告と、図書室を出たという報告は来た。でも部屋に戻ったという報告は来ていないから、中庭かその近くにいるだろうとまず回廊に来てみたのだけれど、トゥル様のお姿はない。代わりに、トゥル様用のテーブルに本が何冊か置いてあった。

手にとって確かめると、思った通り図書室の蔵書だ。

子供向けの危険魔獣の本と、伝説集。トゥル様がここに置いたのは間違いなさそうだ。本を置いて遠くに行くとは思えないから、私は周辺に目を向けていった。

「……いた」

回廊のすぐ近くの木の根元に、とろりとした甘い色合いの金髪が見えた。

トゥル様だ。いつも通りに草の上に座っていて、青みを帯びた緑色の目は何かをじっと見ている。こんなトゥル様もすっかり見慣れてしまった。

「トゥル様。そろそろ昼食の時間ですよ」

「ん、もうそんな時間か。ありがとう、オルテンシアちゃん」

私が声をかけると、トゥル様は軽く手を上げて応じてくれた。

でも、顔を上げることはない。……顔を向けないままなのは初めてかもしれない。

声をかける前に私に目を向けてくれることが多かったから。

そんなに面白いものを見つけたのだろうか。

「オルテンシアちゃん。ちょうどよかった。君に聞きたいことがあったんだ」

やっと顔を上げて緩やかに微笑んだトゥル様は、すぐに真顔になって私を手招きする。何事かとそばまで行くと、地面に並べていた葉をざらっと手に載せて差し出した。

「この葉、そこの木のものだと思うんだけれど、枯れ葉になると色が変わるのかな？」

よく見るために私も座り、トゥル様の手のひらのものを見る。

落ちたばかりの瑞々《みずみず》しいものと、少し端が縮れたものと、完全に乾燥してパリッと割れているもの。そんな様々な過程のものがある。

よかった。これなら私でもお答えできそうだ。

「これはヘリアの葉です」

「ヘリアか。この木であっている？」

「はい。その木と隣の木と、その隣もです」

私が指差していくと、トゥル様は木を丁寧に見ていきながら首を傾げた。

「これが全部同じ木？　葉の形は同じだけど、色が違うから近隣種かと思っていたよ」

「ヘリアの特徴です。幼い頃、従兄弟たちと同じ木から取れた種を植えて育ててみましたが、全て色が違いました。その中から好みの色のものを選んで、ここに植えています」

「……君が植えたの？　ここの木を全部？」

トゥル様の興味が、葉の色からヘリアの木の本体に移ったようだ。でも何がそんなに興味をひいたのか、私には全くわからない。

しばらくじっと木を見上げていたトゥル様は、小さく息を吐いた。

「念のために聞くけど、この木を植えたのは何年前かな？」

「私が八歳の時でしたから、八年前です」

「八年か。たったそれだけで、種子から育ててこの大きさになるんだね。さすが辺境種だ」

トゥル様が独り言のようにつぶやいた。それから、不思議そうにしている私に気付くと、苦笑しながら近くに置いていた本を開いて私に示してくれた。

本は図鑑だった。我が家の図書室では見たことがないから、これはトゥル様の蔵書のようだ。美しく彩色された植物の絵と詳細な説明が並んでいる。きっととても高価なものだろう。トゥル様が持ってくれているけれど、重そうだから私も用心深く手を添える。

覗き込んですぐその完成度の高さに目を奪われたが、ふと違和感を覚えた。

載っている植物の葉の色が、私が知っているものとは違っている。

青くない。まるで新芽のような緑色だ。これが王都の、トゥル様が知っている植物なのだ。

そう感心していると、トゥル様が身を乗り出してきた。

「この木、君が植えた木と似ているよね？」

図鑑を手で支えながら、もう一方の手で絵を示している。私も両手を添えているから、トゥル様が覗き込むと頭が触れ合いそうになった。

肩から滑り落ちたきれいな金髪がすぐそばで揺れていて、私が知らない良い香りがする。高価な香水を使っているのかもしれない。

香りを吸い込み過ぎている気がして、私は思わず呼吸を止めてしまった。でも、トゥル様は全く気にしていないようだ。平然と言葉を続けた。

「私が知っている限りでは、三十年でこの大きさになるんだよ」

「……え？」

一瞬遅れて意味を悟り、図鑑の絵と、私が種子から育てた木を見比べる。とてもよく似た葉の形をしているし、枝の茂り方もそっくりなのに……三十年？

私は困り切ってトゥル様を見た。

トゥル様はヘリアを見上げていたけれど、私の視線に気付くと笑った。

「よく似た木なのに、ここのヘリアは三倍から四倍の速さで成長している。すごいだろう？　私が驚いている理由が少しはわかってもらえたかな？」

「……確かに驚いてしまいますね」

私が知っているのは、この地が全て。

だからだろうか。常識だと思っていたものが常識ではなく、普通と思っていたものは普通ではないらしい。こんなに違いがあるなら、トゥル様が毎日楽しそうにしているのは当たり前だ。私が王都に行っても、やはり驚くことばかりなのだろう。

（でも植物に変化が少ないのは、少しつまらないかもしれないわね）

ついそんなことを考えて、もう一度図鑑に目を落とした。

「この図鑑はとてもわかりやすいです。王都にはこんなに素晴らしい本があるんですね。絵がきれいですし、私が知っている植物でも特徴が全く違うものが多いです。この図鑑を見ると、とてもよくわかります」

「それはよかった」

トゥル様はとても嬉しそうに微笑んだ。

でもなぜか、急に黙り込む。どうしたのだろうと思っていると、何度か迷いながらまた口を開いた。

「……これは、私が十歳の誕生日に父上にねだったものなんだ」

「十歳の誕生日？」

トゥル様は当時を思い出していたようだ。でも私が首を傾げると、ハッとしたように言葉を続けた。

「王家では、十歳の誕生日に特別なお願いをするんだ。この辺りにはそういう風習はあるだろうか？」

「誕生日ということは、祝福の日のようなものでしょうか。この辺りでは誕生日は祝福の日として毎年お祝いしますが、十歳を特別扱いする習慣はありません」

「そうか。でも、たぶんその祝福の日に近いと思うよ。十歳まで無事に育ったことを祝う儀式だから」

トゥル様は少しほっとした顔をして、図鑑をそっと撫でた。

「もしかしたら、一般の貴族ではそれほど大きな意味はないかもしれないが、王家では将来を決める重要な儀式でね。国王や家臣の前で、今後の人生に望むことを宣言するんだ。第一王子に生まれれば『守り愛しむ民が欲しい』と言い、王女に生まれれば『国と国を繋ぐ礎になりたい』と言う。もちろん、何を言うかは決まっているものだけれどね。私のような第二王子以下は、だいたい『王を支える柱になりたい』とか

『森と湖のある地が欲しい』と言うんだよ」

何となくわかってきたから、私は頷いた。

第一王子は王位を望み、第二王子以下は王位を望まないことを示す。「森と湖のある地」というのは王国北端の地のことだろう。魔の森のような異界ではないけれど、寒さの厳しい不毛の地と聞いている。王女たちは他国へ嫁ぐ前提で、他国へ婿として迎えられる王子も、王女たちと似た言葉を言うのかもしれない。

でもそんなに大切な儀式で、図鑑が欲しいなんて言うものだろうか。つい抱いた疑問を読み取ったのか、トゥル様は苦笑をした。

「私はね、その大切な儀式で『この世の植物のことを知りたい』と言ったんだ。事前に決まっていた台本は別の言葉だったけれど、儀式の前日に、乳母が贈られてきた花を触った途端に肌が爛《ただ》れてね。急遽《きゅうきょ》変更してしまった」

「それは……まさか」

「うん。花を贈ってきたのは義母上だった。あの時に私は悟ったんだ。私がどんな生き方を望んだとしても、義母上は私を許さないだろう、とね。庶民として生きたいと言えば、許してもらえるかもしれないと思っていた。でも私に何の権威もなくなって、誰も守ってくれなくなったら……私自身はもちろん、乳母も、私の遊び相手だった乳兄弟も、懸命に安全な食糧を届けてくれた母の親族も、全て殺されていただろう」

トゥル様の言葉は静かだった。

十歳の子供がそんな結論に達するなんて、どれほど恐ろしい思いをしたのだろう。触れただけで爛れたのなら恐ろしい毒だ。あるいは毒をもつ魔獣を花に紛れ込ませていたか、擬態させていたのかもしれない。

思い当たるものはいくつもある。どれもとても酷《ひど》い結果となるはずだ。ということは、トゥル様の乳母は……。

「父上が手配してくれた薬のおかげで、毒の進行は緩やかだった。苦痛も多少は減らせたと思う。メリアは——私の乳母は、私のためにとても長く生きてくれたよ。君との結婚の話が決まる少し前に息を引き取った」

トゥル様は静かにそう言って目を閉じ、すぐにまた目を開いて微笑んだ。

「とにかく、私はどこにも逃げることができないと思ったから、十歳の特別な願いとして植物図鑑を望んだんだ。正しい植物の姿を知り、二度と毒を見逃さないように。……ありがたいことに、父上は私の望みを聞き入れてくれた。王都近辺の植物を全て網羅した図鑑のおかげで、些細《ささい》な異常も見分けられるようになったよ」

でもその時には、すでにトゥル様の乳母は進行性の毒に侵され、ゆっくりと死に向かっていた。そんな状態の乳母がいたから、どれだけ王妃様に憎まれ命を狙われ続けても、トゥル様は王宮を離れなかったのだろう。

生母様はトゥル様を産んで間もなく暗殺されている。乳母は母親のような人だったはず。そんな大切な人が苦しみながら弱っていくのを見守るのはつらかっただろう。でもきっと、トゥル様は乳母の前では笑顔だったはずだ。

トゥル様のお気持ちを想像すると胸が締め付けられる。そんなトゥル様を、乳母はどんな思いで見ていたのだろう。

うつむいてしまった私を見て、トゥル様は少し慌てたような顔をして言葉を続けた。

「でもね、父上はよほど私を心配したようで、植物だけでなく、追加で動物や虫についての図鑑も作ってくれたんだ。それも写本を大量に作っている最中なんだよ」

そう教えてくれたけれど、私は手元の図鑑を見つめることしかできなかった。

この美しく詳細な図鑑は、追い詰められた幼いトゥル様が必死で求めたもの。国王陛下が第二王子トゥライビス殿下のために作った図鑑だったのだ。

（そんな大切なものを、私が見ていいのかしら）

でもトゥル様は、見ていいと言ってくれた。何も知らずにきれいだと褒めると、困ったような顔をしつつ、嬉しそうだった。写本をたくさん作っているのは多くの人に役立ててほしいから。図鑑の由来を話してくれたのは、私が知ってもいいと思ってくれたからだろう。

私が顔を上げると、トゥル様はほっとしたように微笑んでくれた。

トゥル様は優しい人だ。それでいて、しなやかに強い。……私よりずっと強い。

もう一度、美しい絵を眺めてから、私は用心深く図鑑をお返しした。つい話が長くなってしまったけれど、そろそろ昼食だ。

トゥル様は、私が立ち上がろうとしたのを察して先に身軽に立ち上がった。

腰に帯びた剣が硬い音を立てた。図鑑は片腕でしっかりと抱え込み、空いた手を私へと差し出す。手を預けると、軽々と引っ張りあげてくれた。

「君に来てもらえてよかったよ。ここの植物はわからないことが多いからね」

「それは……そのようですね」

「王都の学者たちは、この図鑑を完璧だと絶賛していたが、そうでもなかったな。魔獣はもちろん、植物についてもまだまだ全然足りていない」

「仕方がありません。王都の学者たちは辺境まで滅多に来ませんから」

「それはそうかもしれないけどね。青い葉の植物が普通の地域があるなんて、全く知らなかったよ」

トゥル様は微笑んでいるけれど、口調は不満そうだった。

でも、この地での生活に退屈してはいないようでよかった。

結婚式の後、従兄弟たちはトゥル様が三日で飽きる方に賭けていた。今は大負けで悔しがっている。飽きるまで一年以上かかると賭けたのは数人だったそうだ。お母様もその一人で、本当は一生に賭けたかったと言っていた。

さすがに一生は難しくても、お約束をした三年間は楽しく過ごしていただければいいと思う。

トゥル様ほどではないけれど、私も命を狙われたことがある。

ほとんどは私が知らない間に処理される中で、一度だけ死の恐怖を知った。大切な存在が私のために傷付き、命を失うのも目の当たりにした。

たった一度だけだったのに、とても怖かった。

だから結婚の話を聞いた時は、命を狙われ続けたトゥル様のことを他人事とは思えなかった。せめて命はお守りしてあげたい。そう考えてこの結婚を承諾した。

それだけのはずだったけれど、今はトゥル様をお迎えして良かったと思っている。

国王陛下に恩を売れたとか、金銭的な利益とか、そういうもの以上に、トゥル様が楽しそうにお過ごしになっている様子を見ていると、私も楽しい気分になるから。

これからは、もっと毎日を楽しんでいただければいい。この屋敷の中だけでなく、ブライトル領そのものも楽しんでいただきたい。

(そのうち、トゥル様を街にご案内できないかしら)

難しいだろうけれど、不可能ではないはずだ。

◇

昼食後、領主付きの秘書官が私を呼びに来た。

「領主様がお呼びでございます」

執務室に向かうようにとの伝言だ。

ちょうどいい機会だから、トゥル様のことを相談してみよう。そう考えて執務室に赴くと、待っていたのはお父様だけではなかった。軍装のお母様もいる。他に武官や政務官などはいないから、家族内の話ではあるようだ。

「呼びつけてしまって、悪かったな」

「構いません。私もお父様に相談したいことがあるので、ちょうどよかったです」

「そうか。では、おまえの用件から聞こうか!」

ゆったりと座っていたお父様は、笑顔で身を乗り出してきた。

私への配慮はありがたいとは思う。でも順番がおかしい。

「先に、お父様のご用件を伺うべきだと思います」

「……あー、うん、まぁあれだ。呼び出してしまったが、別に急ぎではないのだ。だからおまえの用件を言ってみなさい」

何だか歯切れの悪い言い方だ。柘榴石と同じ色の目は、すぅっと逃げていく。

これはどういう状況なのだろう。困惑しながらお母様に目を向ける。お母様は私をじっと見ていた。でも私と目が合うと、お父様のように逸らしてしまう。お母様も様子がおかしい。

(深刻そうな様子はないようだけれど……)

迷ったものの、時間は有限だ。そう開き直って、私の用件を先に言うことにした。

「お父様に相談したいことがあります」

「うん、なにかな！」

その勢いに一瞬ひるんだ私は、お父様からそっと視線を逸らし、お父様より控えめな様子のお母様に質問することにした。

「トゥル様をマトリス市にご案内できないでしょうか？」

「……マトリス市？　トゥル様？」

お母様が首を傾げた。それでようやく、私は「トゥル様」と言ってしまったことに気が付いた。

誰のことを言っているのか、すぐに察してくれたものの、お父様もお母様も驚いた顔をしている。

（やっぱり、ペットのような呼称は一般的ではなかったのね!?）

密かに青ざめていると、どさりと椅子に背を預けたお父様が、ふうっと長いため息をついた。

「それは、トゥライビス殿下をマトリス市にご案内したい、ということだな？」

「は、はい」

「近いうちに私の視察がある。その時なら警備も万全だから、案内して差し上げなさい」

「ありがとうございます」

私はほっとした。

王都の賑わいには劣るだろうけれど、辺境地区の街はきっと王都と違う雰囲気だ。この地のあらゆるものが珍しいトゥル様なら、興味を持っていただけるだろう。

何が王都にはないものなのかを教えてもらえれば、私もトゥル様の視点を少しだけ体験できる。見慣れた街も楽しくなるはずだ。

そんなことを考えていると、お父様が咳払いをした。

「……その、お前に聞きたかったのは、そのことなのだ」

「そのこととは？」

「トゥライビス殿下のことだ。……メイドたちからは、良い関係のようだと聞いているが、実際はどうなのだろうと思ってな」

お父様は目を逸らしているが、お母様は私をじっと見ている。私の表情を見逃すまいとしているようだ。

急にどうしたのだろうと首を傾げかけて、そういえばもう三ヶ月以上が過ぎていると気が付いた。

トゥル様にご不便はないかといつも気にしてきたし、メイドたちはトゥル様がどこで何を見ているかを予想して楽しんでいる。毎日があっという間だ。

そんな思いが表情に出たようだ。お父様は堅苦しい咳払いをした。

「お前と殿下が、和やかに会話をしているようだとは聞いている。いや、会話の盗み聞きまではしていないぞ！　だが殿下の御身はお守りせねばならないし、お前は領主の跡取りだからな。どうしても見張る形になってしまうのだ！　それに、万が一にも白い結婚を守らない不届きな振る舞いをしようとするなら、その時は速やかに魔の森に……！」

「──ブライトル伯爵。その軽すぎる口を今すぐに閉じてください」

早口になりかけていたお父様が、ぴたりと黙り込んだ。お母様の声には、そうするだけの迫力がある。そっとお母様を見ると、恐ろしく冷え冷えとした目をしていた。まるで真冬の滝のようだ。

夫婦喧嘩は私がいないところでやってほしい。

(それに……魔の森にどうすると言おうとしたのかしら。少し、いいえ、ものすごく気になってしまうのだけれど……聞かない方が良さそうね)

私は心の中でため息をついた。でもお母様も、魔の森云々《うんぬん》の前の言葉は否定はしていない。お父様と気持ちは同じなのだろう。

「お父様。お母様。心配してくれてありがとうございます。でも、今のところは悪い関係ではないと思っています」

「……本当にそうなのか？　無理はしていないか？」

口を閉じろと言われたのに、お父様はまた身を乗り出してきた。でも今度はお母様も睨《にら》まない。むしろ、お母様の方が大きく踏み出してきている。

「トゥライビス殿下は、私の前ではとても穏やかな方です。植物のことを熱心に聞いてきますし、その、魔獣についても偏見があまりないように思えます」

「ああ、アバゾルの件は聞いたぞ。ご立腹ではないと聞いて安心している」

「慕って集まる魔獣を触りたいと思っても、私が安全だと言うまで触らない理性と常識もあるようですから、この地でも大丈夫かと……お父様？」

私は驚いて口を閉じた。お父様が目をまん丸にしている。横を見れば、お母様も目をまん丸にしていた。

でも先に我に返ったのはお母様だった。

「殿下は何を触ったのですか？　アバゾル以外も触ったの？」

「あ、はい。テドラが集まっていたので」

「ああ、テドラはシアもよく集めていましたね。あなたも好奇心旺盛で、見慣れない魔獣を見つけるとすぐにしゃがみ込んで……おや、シア、どうしたの？」

「……私も、しゃがみ込んでいたのですか？」

「ええ」

「トゥル様もよく座って見ています。あれは普通の反応なのでしょうか」

「そうですね、普通とは言いませんが、シアのように好奇心の強い子供にはありがちですね。辺境地区では、不用心に触ってしまう子は長生きできませんが」

お母様はそう言って、懐かしそうに微笑んだ。

確かに私も、よく魔獣を見つけてメイドたちを慌てさせていた。でも子供は、だいたいそんなもののはず。従兄弟たちも私と一緒に魔獣や虫を見ていたから。

だから、きっと、恥ずかしいと思わなくてもいい、はずなのだけれど……頰が熱い。

トゥル様のことを変わっていると思ったのに、子供の頃は私もそうだったと言われるのは、やっぱり恥ずかしいかもしれない。

私はお母様たちから、つい目を逸らしてしまった。

すると、お母様はぐいと身を乗り出してきた。

「それでシアは、殿下を『トゥル様』とお呼びしているのですね？」

「あの、そう呼んでほしいと殿下がお望みでしたので。……王都では、短い呼称が一般的なのかと思ってみたのですが、やっぱりおかしいのでしょうか？」

「うーん、一般的ではありませんが、おかしいというほどでもないかと。でもあの方がそうお望みなら、この地ではトゥライビス殿下ではなく『トゥル様』として生きていくおつもりなのかもしれませんね」

お母様は静かにそう言って、お父様を見やる。

意外なことに、お父様は冷静な領主の顔で何かを考え込んでいた。

「お父様？」

「……オルテンシア。殿下はそんなに魔獣に好かれているのか？　エリカから翼竜たちが屋敷を気にしているという報告は受けていたが」

「はい。魔獣に好かれる天賦はかなりのものだと思います」

「そうか。お前が言うのなら間違いなさそうだ。……王妃様が殿下を嫌う理由は、そういうところもあるのかもしれないな」

真顔でつぶやいたお父様は、私の視線に気付くと、軽く息を吐いてニヤッと笑った。

「どうやら、この結婚は予想以上の大当たりだったようだな！　ただし、不埒《ふらち》なことをされそうになったらすぐに知らせるのだぞ。たとえ貴きお方であろうと、若造に舐めた真似《まね》を許す私ではないからな！」

「お父様……」

時々、お父様はとても豪快なことを言う。

またお母様に睨まれているというのに、お父様は今度は気付いていないふりを押し通してしまった。

第三章　街への外出

大変なことになった。

いつも穏やかに笑っているトゥル様が、今朝はとても悲しそうな顔をしている。久しぶりに変わった虫が来ていたのに、すぐに見失ってしまったらしい。

そんな自由なところがいいと笑っていても、目に力がない気がする。

これはいけない。

私が慌てているのに、メイドたちは「元気のない顔もおきれいだ」と熱心に囁き合っている。

確かにおきれいだけれど、私は楽しそうに笑っている方がいい。

それに……ブライトル領で保護されている不自由なご自身の身の上と比較してしまったのではないかと思うと落ち着かない。

運のいいことに、お父様の視察の日が近い。決意を固めた私は、いつもより口数が少ないまま食事を終えたトゥル様へ話しかけた。

「近く、お父様が街に視察に行く予定になっています。トゥル様も一緒に行きませんか？」

「……街というと、マトリス市のことだろうか。ブライトル伯爵の視察なのに、私も行ってもいいのかな？」

「もちろんです。お父様も、トゥル様をお誘いするようにと言ってくれました。お父様の視察に備えて、マトリス市内には前もって警護の者たちが入っています。翼竜が出ますし、騎士たちも十分に手配しています。指定された区画だけですが、散策もできますよ」

「そうか。……ならば同行させてもらおうかな。ここに来る途中に通り過ぎただけだったから、本当は見てみたいと思っていたんだ」

トゥル様は少し考えてから頷いてくれた。静かな物言いながら、目は輝いている。やっぱり屋敷の外のものへも興味をお持ちだった。もっと早く手配ができていればよかったのだけれど、身の安全のためには仕方がない。

結婚して四ヶ月。

ようやく我が領最大の都市マトリスへご案内することになった。

◇

マトリス市街までは、馬車で移動する。

領主であるお父様の警護体制の中だから、危険性についての不安はない。翼竜も上空を飛んでいる。

とはいえ、ブライトル領を始めとした辺境地区は魔獣の数が多い。突発的に遭遇してしまう可能性は残っている。そうなってもいいように、装備は万全だ。

例えば、街の視察に向かうために私たちが乗っているこの馬車。車体は極めて頑丈に作られていて、車体の内部は滑らかな革張りになっている。この革はコドルという魔獣の外皮だ。

馬や牛のように解体したものの外皮を利用するのではないから、魔獣を傷つけたものではない。そう話すと、トゥル様はとても不思議そうな顔をした。散々悩んだ末に、蛇の脱皮した後の抜け殻と同じだと説明すると納得してくれた。

でも、さっきから指先で革張りの座面を撫でている。魔獣の革ということが気になるのか、あるいは肌触りが気になっているのか。

トゥル様がいつものように「見慣れない感じだけど、これは何の革かな？」と聞いてきたから、うっかり魔獣の革であることを言ってしまったのだけれど。もしかしたら、生理的に受け付けなかった？

外から来た人は、魔獣の革などに拒否反応を示す人が多いと知っていたのに、トゥル様だからと油断してしまった。座り心地はとてもいいし、いざという時には防具にもなる強度がある、と追加の説明をしておくべきかもしれない。

こっそり気を揉んでいると、トゥル様が小さくため息をついてつぶやいた。

「……コドルの皮膚は、元々は何色なんだろう」

どうやら、気になっていたのはコドル本体の方だったらしい。青と緑を混ぜたような目は、とても真剣に革張りの壁面を見ている。

その様子に、私は心からほっとした。

「気になりますか？」

「うん。こんな青色の革は初めて見たんだ。手触りは牛の革に似ているけれど、鮮やかな青色には染まらないと聞いたことがある。でもこの革は、絹布のように鮮やかな発色をしている。だから染色術ではなく、素材の違いなのかなと思ってね」

なるほど。トゥル様は好奇心旺盛なだけでなく、知識もとても広い。

まるで職人たちに直接話を聞いたふうな……いや、トゥル様のことだから、機会があれば職人たちと話をしていたのかもしれない。

「それに、この壁面の革は継ぎ目が全くない。コドルは大きな魔獣なのかな」

「大きいです。脱皮を繰り返した成体は、この馬車の二倍くらいはあると思います」

「それは、思っていたより大きいな」

「でもおとなしい気性なので、放牧場で飼うことができます。色は、青と緑の中間のような保護色です」

「ああ、そうか。ここでは青は保護色なのだったね」

トゥル様は感心しながら頷いた。

……本当は、もっとそっくりな色がある。

でも「コドルはトゥル様の目の色とよく似ています」と申し上げるのは、さすがに不敬なのではないかとためらってしまった。きっと、トゥル様はわかりやすいと言って喜んでくれるだろうけれど。

それより、気になっていることがある。

トゥル様は周囲への配慮ができる方で、自分の要望が周囲を振り回すものだと理解している。だから不用意なことは言葉にしない。

　でもたぶん、コドルを見たいと思っているはずだ。マトリス市街への興味と同じように。

　トゥル様が口にしないなら、私が踏み込むべきだ。

「ご興味があるのなら、そのうちコドルを見に行ってみますか？」

「見に行けるのなら嬉しいけれど、この辺りでも飼育しているのかな？」

　トゥル様は身を乗り出してきた。コドルとお揃《そろ》いの色の目もキラキラ輝いている。

見ている私まで頬が緩んでしまいそうな、とてもいい笑顔だ。

　でも、申し訳なく思いつつ、私は深々と頭を下げた。

「申し訳ありません。コドルの放牧場は、一番近くても馬車で二日ほど離れた場所なんです」

「……馬車で二日か……それはかなり離れているんだね」

「大きな魔獣なので、放牧飼育するためには広い場所が必要なんです」

「そうか。確かに大きな魔獣なら、街に近い場所は難しいだろうね。残念だ」

　トゥル様は心からがっかりしたようにため息をついた。

　私の言葉が足りなかったせいで、期待をさせてしまったようだ。やはり、近いうちに放牧場にご案内してみよう。

お母様も近場なら外出を勧めていい時期だと言っていた。魔獣飼育の牧場なら、きっと楽しんでいただける。

「コドルの放牧場にも、そのうちご案内しましょう。往復するとちょっとした旅行になりますから、きっといい気分転換になりますよ」

「それは楽しそうだけど……いいのかな」

「え？」

トゥル様の言葉の意味を捉えかねていると、トゥル様は優しくてとてもきれいだけど、どこか作り物めいた微笑みを浮かべた。

「私に、そんな自由は許されているのだろうか」

「それは」

私は一瞬迷って、結局口をつぐんでしまった。

トゥル様と生母様は王妃様に憎まれている。生母様が亡くなって以来、王妃様の憎悪はトゥル様一人に集中していた。私との結婚が実現しなかったら、王都に残ったトゥル様に未来はなかっただろう。

そんな状況だから、トゥル様は屋敷の敷地《しきち》の外には出ない。だからきっとストレスも溜《た》まっているだろうからと街へとお誘いして、トゥル様も嬉しそうに応じてくれたけれど……やっぱり身の安全については気を遣っているのだ。

放牧場は、王都とは反対側の方向にある。

王都へ戻るつもりがなくても、馬車で遠出をすれば王妃様から疑いの目が向けられるかもしれない。あるいは、すでに我が領内にも王妃様の命令で暗殺者が潜んでいるかもしれない。

今まで安全だったからといって、気を抜くわけにはいかない。トゥル様はそうおっしゃっているのだ。

確かに王妃様の権力は大きい。トゥル様は国王陛下からお預かりした大切なお客様で、私は形式だけの妻。……そうではあるけれど。

私は顔を上げた。

トゥル様は優しく笑っている。でもそれは心の中を隠す仮面だ。とてもきれいな微笑みだけれど、この地ではそんな顔はしてほしくない。本当に興味のあることをたくさん楽しんでもらって、心から笑っていてもらいたいのだ。

瞬間的に感情的になってしまったのか、私は無意識のうちに手を伸ばして向かいに座るトゥル様の袖をつかんでいた。

「きっと大丈夫です」

私の唐突な行動と言葉に、トゥル様は珍しく驚いたような顔をした。でも私は気にせず言葉を続けた。

「トゥル様を、絶対にコドルの放牧場にご案内します。我が伯爵家には忠実な者たちがたくさんいます。万が一裏切り者が交ざっているとしても、トゥル様をお守りする手段はいくらでもあります。ここはブライトル家の領地で、私たちは魔獣を自在に扱える辺境領主なのですから！」

私は一気に言った。少し、力が入りすぎたかもしれない。

でも私はどうしても伝えたかった。

この地では、王妃様よりもお父様や私の方が影響力がある。私たちだけが取れる手段もある。ここにいる限り、トゥル様を必ずお守りする。この気持ちだけはわかってもらいたかった。

トゥル様は、ゆっくりと瞬きをした。

相変わらずきれいな微笑みを浮かべていて、心情を完全に隠している。でも私をまっすぐに見つめる目は緩やかに和らいでいき、微笑みを残したまま目を伏せた。

「……そうだね。いつか案内してもらおうかな」

「いつかではなく、近いうちに、必ずです！」

キッパリとそう言いきった。

それから……やっと身を乗り出しすぎたことに気が付いた。感情的に行動するなんて、子供っぽすぎた気がする。ありがたいことに、トゥル様は私の非礼を気にした様子はない。ただ優しく微笑んでいた。

急に恥ずかしくなった私は、そっと手を離し、きれいな笑顔から目を逸らす。近付きすぎていた体を元の位置に戻そうとした時、私の頭に何かが触れた。トゥル様の手だ。

意外に大きな手は、まるで壊れ物に対するように私の髪に触れて、撫《な》で付《つ》けるように動く。頭皮に手のひらの温かさを感じた。目を上げると、トゥル様はとても優しく微笑んでいた。

「トゥ、トゥル様？」

「……あ、しまった。女性に対して、こういうことをするのは失礼だったね」

我に返ったように、トゥル様は慌てて手を戻した。

手が離れ、腕で遮られていた視界が広がると、同乗しているナジアが目を丸くしているのが見えてしまった。すぐに目を逸らしてくれたけれど……なんだかさっきより落ち着かない。

トゥル様は、屋敷に飼われている動物や無害な魔獣に触れることがあった。だから珍しくはない。動揺する必要もない……はずだ。

ガタン、と馬車が大きく揺れた。

慌てて壁面にある手すりにつかまる。揺れ対策のふりをして、私はそれからはずっと窓から外ばかりを見ていた。

「このマトリス市は泉を中心に広がった街です。我が領地では最大の都市なのですが、辺境ですから建物は王都に比べると小さいかもしれませんね。王都ではもっと人も多いと聞いていますが……トゥル様？」

マトリス市街の中心地には泉がある。

ほとんど人がいなかった未開の地だった頃、旅人たちは安全な水を得るためにこの地に立ち寄っていた。この泉以外にも、複数の場所で水が湧いている。私の祖先がこの地に居を構えたのは、この水の豊富さが理由だ。

石で囲った泉の近くで馬車を停《と》め、護衛たちを連れてトゥル様をご案内するために街の中央の通りを歩いている。ただし、すぐ上空を翼竜が飛んでいるため、とても風が強い。

上空からの警戒のためであり、矢の攻撃があったとしても風のために狙いがつけられないようにもなっている。堅い防御の象徴なのだけれど、街の説明をするためには風に負けないように少し大きめな声で話さなければならない。

そんな苦労がある中で、トゥル様は私の説明を聞いているのだろうか。ずっときょろきょろしていて、全く落ち着きがない。

「トゥル様、何か気になることがありましたか？」

「建物の様式が全く違うね。壁の色が赤いのは、何か塗料を塗っているのかな？」

トゥル様が指差した先には、大きな建物があった。

宿だ。街の規模にしては大きいのは、何かあれば街の人々が立てこもる拠点になるためだ。辺境地区にはよくあることで、そんな宿の壁が赤に近い茶色だった。

壁が赤いのはその宿だけではない。街の建物の壁はほとんど全てが赤い。例外はまだ真新しい建物だけ。それと、市街地から少し離れたところにあるブライトル家の屋敷も例外の一つだ。

「王都のあたりは、赤い壁の建物はないのですか？」

「少なくとも、王都では見たことがないな。領主館とだいたい同じ造りだと思うよ」

「そうなんですね。あれは防火のために塗っています」

何気なくお答えした途端、トゥル様が振り返った。青と緑の中間のような目がキラキラと輝いている。

すぐに説明をするべきかもしれないけれど、通りの真ん中で立ち話をするには、私たち一行の人数は多すぎる。それに強い風のせいで細かな説明をするのは一苦労だ。私はバランスを取るのが苦手だから、立っているだけで疲れてしまう。

私は騎士たちを振り返った。

「少し休憩をしましょう。グレム、案内してくれるかしら」

「はっ。こちらです」

護衛の騎士グレムが、すでに手配をしている店へと先立って案内してくれた。トゥル様もおとなしく歩く。

でもすぐに、またきょろきょろとし始めた。

「オルテンシアちゃん、あの鳥は何だろう？」

「え？　鳥、ですか？」

思わず足を止めると、トゥル様は私の肩に手を置いて、私の視線の高さを合わせるように少し腰を屈《かが》めて近くの商店の屋根を指差した。

「あの屋根の上にたくさんいる。頭が青くて、頬が白くて、カワセミのようにきれいな色だ。でも全体の特徴は、私が知っている違う鳥にとても似ている」

「たくさん……ああ、あれは雀《すずめ》です」

「雀！　やはり雀なんだね！　私が知っている雀は虫や草の種を食べたりするんだが、あの青い雀は何を食べるのだろうか」

「虫も食べますが、主に木の実を食べるはずです」

「木の実か。だから青いのかな。では、この辺りには茶色の雀はいない？」

「茶色の雀もいますよ。土雀《つちすずめ》と呼んでいます。崖などが本来の生息地ですが、街中の土塀にも住み着いていて……」

「その雀は、見に行ける範囲にいるだろうか」

「えっと……以前はこの先の倉庫街にいたはずです。今はどうでしょうか」

「では、そこに行ってもいいかな？」

トゥル様はキラキラと目を輝かせている。

思わず頷くと、騎士たちが咳払いをして「こちらです」と行き先を変えてくれた。

その後を追おうとして、風に備えて強めに踏み込んだ足元がぐらりと揺れた。石畳の石が浮いていたようだ。

（……あっ！）

とっさに身構えた時、腰をぐいと抱え込まれて傾きが止まる。視界の端に金色の輝きが見えた。

そっと見上げると、トゥル様が私を片腕で支えてくれていた。その整った眉がわずかに動いた気がしたけれど、すぐに心配そうな表情に変わっていた。

「オルテンシアちゃん、大丈夫だったかな？」

「は、はい。ありがとうございます」

私は慌てて自分の足でしっかりと立って離れようとする。

でもトゥル様は私を覗き込むように顔を寄せ、にっこりと笑った。

「オルテンシアちゃん、右手を出してごらん」

「右手、ですか？」

よくわからないまま、言われた通りに右手を差し出してみた。トゥル様は満足そうに頷いたかと思うと、左手でしっかりと握り込んだ。

「……えっ？　あの、トゥル様⁉」

「風が強いと歩きにくいよね。私でも風除《かぜよ》けくらいにはなるよ」

そう笑い、騎士たちを追って歩き始める。手を繋いだままだから、私も引っ張られる形になってしまった。

「あ、あの……！」

「石畳も見慣れない色合いだね。特別な石を使っているのかな」

「えっ、石ですか⁉」

石畳の素材が何なのかどこで産出するものなのか、そこまで把握していなかった。確か、ブライトル領の南部のどこかから運んでいると聞いたことがあるような……。

でも、私はそれどころではなかった。

トゥル様に手を握られている。大きな手だ。そして……やっぱり剣を握り慣れた人の手だ。つい私の手を握っている手を見ていると、トゥル様が振り返った。

「オルテンシアちゃん、この速さは大丈夫？」

本当は、少し速いと思う。

でも、こうして手を引いてもらうのは思っていたより負担にならないし、とても歩きやすい。

トゥル様が風を遮りながら一緒に歩いてくれているから。

こんなに速く歩いたのは何年ぶりだろう。なんだか楽しくなって、私はつい「大丈夫です」と答えてしまった。

「……これは青花茶《あおはなちゃ》です。この辺りでは、庶民も好んで飲んでいます」

やっと到着した店のテラスで、私は運ばれてきたお茶について説明した。

まだ少し息が切れて胸がドキドキしているのは、トゥル様と一緒にたくさん歩いたからに違いない。

倉庫街では、記憶通りに土塀にたくさんの丸い穴が空いていた。でも警戒しているようで土雀の姿はなかった。

そこで、駆けつけてきた管理者たちと話をするという口実で私が離れてみると、トゥル様は巣穴からわっと出てきた土雀に囲まれてしまった。

近所から飛んできた普通の雀も肩にとまっていた。予想していたけれど、鳥たちはトゥル様が大好きなようだ。

翼竜に怯えていたものの、カラスまでじわじわと集まってきたから、流石《さすが》に騎士たちに止められてしまった。

それでやっと、本来の目的地だった休憩場所にたどり着いたのだけれど……私が歩くことができる限界の速さだったせいか、私の心臓はずっと落ち着かない。

(そうよ。疲れただけなのよ。だから、また手を繋いでもらったせいではないはずで……！)

心の中で言い訳を続けていた私は、トゥル様がお茶をじっと見ていることに気が付いた。

鮮やかな紫色の液体を興味深そうに見ているけれど、手を出そうとはしない。私と目が合うと、少し困ったように笑った。

「気を悪くしないでほしい。外のものを口に入れるのは……まだ抵抗があるんだ」

それはそうだろう。

ブライトル家の屋敷では呑気《のんき》そうに過ごしていても、トゥル様は暗殺の危険に晒《さら》され続けていた。いきなり見慣れないものを飲めと言われても、心情的に受け付けないだろう。

もちろん、そのことは忘れていない。

「理解しております。そのつもりで準備しました」

私は飾りのように身につけていた襟赤栗鼠《エリアカリス》を手に取った。手のひらに乗るくらいに丸まっていた襟赤栗鼠は、テーブルに置くとちょろりと顔を上げて体をゆっくりと伸ばす。

真ん丸だった赤い毛玉は、赤い小型の栗鼠に戻った。

「それは？」

「襟赤栗鼠です。我が家では護身用に飼っています」

「襟飾りではなかったんだね。でも、もしかして……それも魔獣かな？」

「はい」

私が頷くと、丸いテーブルの向かいに座っているトゥル様が体を乗り出した。赤い栗鼠の大きな銀色の目に見入っている。

この辺境地区は、魔の森を通して異界と繋がっている。そのために魔獣の数がとても多い。

そんな魔獣の中には、動物ととてもよく似た姿をしているものが存在する。元々はこちらの世界に生息していたものが、境界を越えて異界に適応した結果だ。

異界の光は、私たちの感覚で言うと「銀色」なのだそうだ。そのためか、異界に生きる生物は、ごく一部の例外を除いて銀色の目をしている。だから動物か魔獣かは、目の色で見分けることができる。外見は動物の栗鼠にそっくりな襟赤栗鼠も、異界に適応した存在だと言われている。飼育も、魔獣の中ではとても簡単なほうだ。

銀色の目に赤い毛並みの栗鼠は、ふんふん、とお茶の匂いを嗅いだ。それ以上の反応はない。

それを確かめてから、トゥル様の前のカップから用意していた銀製のスプーンで青花茶をすくって口に運ぶ。私がためらいなく飲み込むと、トゥル様が少し硬い顔になった。

「……オルテンシアちゃん」

「襟赤栗鼠はあらゆる毒を感知します。魔力を使ったものも見抜きます。確認のために一口だけいただきましたが、このお茶は安全です」

「確かめてくれるのは嬉しいけれど、だからと言って、君がそんなことまでするのは……」

「夫に安心してもらうことは、妻の役目です」

「しかし、万が一のこともある。君が危険な毒見役をする必要はない」

トゥル様の顔は真剣で、口調も変わっていた。柔らかさがない。怒っているのかもしれない。

でも私は気にしない。……本当は少し驚いてしまったけれど、気にしないふりをする。次期領主であると自覚した日から、目的のためなら感情を抑えることもできるようになっている。

それにこれは、安心してもらうための儀式のようなものだ。

トゥル様をまっすぐに見返し、いつも通りに微笑んでみせた。

「襟赤栗鼠は絶対に間違えません。だから危険はありません。でも、毒見については、ご不快なら今後は控えるようにしましょう」

「そうしてくれ」

トゥル様の表情は硬く、笑みもない。

護衛としてトゥル様のそばに立っている騎士のグレムが、任務を越えて心配そうに見ている。それは感じているから、私は内心の動揺を隠し、できるだけ平気な顔で襟赤栗鼠に焼き菓子を近付けた。

今度は、襟赤栗鼠は興味を持ったようだ。長い尾を動かしながらくるりとお皿の周りを歩いたけれど、やっぱりそれ以上の反応はない。毒の心配はない。反応がいいのは襟赤栗鼠が好む木の実が入っているからだろう。

(本当なら、確認のためにお菓子の一部を私が食べるべきなんだけれど……それをやると、今度こそご機嫌を損ねてしまうわよね)

私はそっとトゥル様を見た。

まだ怒っているようだ。でも、じっと襟赤栗鼠を見ている。私の行為は不快に思っていても、いつも通りに辺境地区の生物に興味を示している。

せっかく用意してもらったけれど、焼き菓子も召し上がらないだろう。トゥル様をこれ以上不快にさせないように、毒見は控えねば。

こっそりとため息をついた時、トゥル様がゆっくりと手を動かした。

美しくてしっかりした指が、青花茶を満たしたカップに触れて持ち上げる。

「……とてもいい香りだね」

トゥル様がつぶやいた。

私が呆然《ぼうぜん》と見ているうちに、口元に運ばれたカップに唇が触れる。

「あの、トゥル様、無理をしなくても……！」

私が慌てて立ち上がった時には、すでにトゥル様は一口飲んでいた。ごくり、と喉が動くのを息を呑んで見守るしかない。

トゥル様はさらに何口か飲んでから、カップを置いた。

「色が個性的だから、もっと癖のある味かと思ったけれど、意外に飲みやすいな。ほのかな酸味がいいね」

「そ、それはよかったです。でも、本当に無理しなくても大丈夫ですから！」

「その赤い栗鼠は信頼できるのだろう？　ならば安心だ。こちらの菓子も珍しいね。何が入っているのかな」

「えっと、襟赤栗鼠が好きな木の実は入っているとは思いますが……私が先に食べて確かめますから、少しお待ちください！」

慌てて半球状の形の焼き菓子が載っている皿に手を伸ばそうとしたのに、トゥル様が先に手に取っていた。

「トゥル様！」

「本当を言うと、私は外の食べ物は怖い」

それは当然だ。

私はわかっていることを伝えたくて、いつもより大きく頷いてみせた。

「大丈夫です。理解しているつもりです」

「……ありがとう。君が先に口をつけてくれたのは、気持ちとしてはとても助かった。でもこの地では私より次期領主である君の方が大切な存在で、何より年若いお嬢さんだ。毒見役なんてさせたくはないのだよ」

「気にしないでください。私は安全であることをアピールしているだけですから。だから、私を利用してください。先に私が食べて、トゥル様を安心させてみせます。このお菓子は本当に美味《おい》しいんですよ！」

私がそう言って笑うと、トゥル様もやっと微笑んでくれた。

でも、お菓子のお皿を渡してくれない。これでは毒見が、安全のアピールができない。

どう言ってお皿を返してもらおうかと悩んだ時、トゥル様は襟赤栗鼠がもたれかかっていたフォークを手に取った。

そのフォークで丁寧に半球状の菓子を一口大に切り取り、襟赤栗鼠に差し出す。赤い栗鼠は匂いをたっぷりと嗅いで、ちらとトゥル様を見上げた。

「この反応は、安全ということかな？」

「はい、そうです。ですから私が先に……！」

「そうだね。甘えさせてもらうよ。だからせめて私が給仕しよう」

……給仕？

首を傾げた私の口の前に、フォークで刺した焼き菓子が差し出された。

「どうぞ」

「…………えっ？」

「君が一口で食べるには、まだ大きすぎたかな？」

「一口？　えっと、ちょうど一口で食べられる大きさですが……あの？」

「口を開けなさい」

ニコニコと笑いながら、トゥル様は私に命令をした。

穏やかな声なのに王族らしい威厳がある。こんなトゥル様は初めてで、私は思わず口を少し大きめに開けてしまう。そこへ、するっとお菓子が入れられ、舌に甘い味が広がった。

(——あ、美味しい)

そう感じた瞬間、私は口を閉じてしまった。ゆっくりと味わいながら幸せに浸る。でもトゥル様の機嫌の良さそうな笑顔が目に入ってきて、我に返った。

これは毒見だ。そして何が入っているかを正確に伝えなければ。

「……アンズが入っています。それから、何か木の実も入っているようです。胡桃《くるみ》かな。それに豆も入っていると思います」

「それは美味しそうだ」

私の言葉に頷いたトゥル様は、残っている焼き菓子をまた切ってフォークを刺した。今度はそのまま、自分の口に運ぶ。口に入れる瞬間だけ手の動きが止まったけれど、口に入れた後はためらいなく咀嚼《そしゃく》した。

「あの、大丈夫ですか？　お口に合いますか？」

屋敷で出している食事は少しだけ王都風にしているし、お菓子も素材は王都風に近いものが多い。でも、この菓子は地元のものだ。私は緊張して待つ。

トゥル様は無言のまま、もう一口、さらにもう一口と菓子を口に運んだ。

「えっと……トゥル様？」

「美味しいね」

お皿が空になって、ようやくトゥル様が微笑んだ。

「風味が少し珍しい感じだが、とても美味しい。砂糖も、もしかして王都の砂糖とは違うのかな」

「違うと思います。この辺りではバーラの樹液を多く使いますから」

「そうか。つまり、伯爵家では私に気を遣って、普段は使わない種類の砂糖を使っているんだね」

「……あ」

辺境地区らしい菓子を、美味しいと言ってもらえたのが嬉しくて、私はつい口を滑らせてしまった。

身を縮めながら椅子に座り直す。トゥル様は、でも楽しそうに笑った。

「とがめているわけではないよ。食べ慣れた味を用意してくれているのは助かっている。ただ、今後は地元の食材を使った味付けを増やしてもらってもいいだろうか」

「……相談しておきます」

私が小さな声でそういうと、トゥル様は柔らかな微笑みを浮かべてゆったりと頷いた。

そして唐突に、ぐいっと身を乗り出してきた。

「それで、あの塗料の原料は何なのかな？」

「塗料？」

一瞬、何のことだかわからなかった。

でもトゥル様が建物を指差したので、やっと思い出した。

そうだった。雀たちのせいですっかり忘れていたけれど、トゥル様はあの赤い塗料の話を聞きたがっていたのだった。

「そんなに知りたいのですか？」

「知りたいね」

王都で生まれ育ったトゥル様は、何を見ても面白がる。

でも、これはお教えしていいのだろうかと私は悩んだ。悩んだけれど、トゥル様の期待を込めた目は、キラキラと輝いていて、教えないという選択肢はない。

「あの塗料の原料は……火食い山羊《やぎ》の………………です」

「ごめん、よく聞こえなかったのだが」

「で、ですから……火食い山羊の糞《ふん》ですっ！」

覚悟を決め、私は目を閉じてはっきりと言った。

トゥル様の反応は何も聞こえない。おそるおそる目を開けると、トゥル様は少し離れたところにいる護衛の騎士たちの馬を見ていた。

「糞というと、あの馬糞《ばふん》みたいな感じの？」

「そ、そうです」

「そうなのか。それで、火食い山羊とはどんな動物なんだろう。あ、動物ではなくて魔獣かな？」

「え、あ、はい。魔獣です」

「火食いというくらいだから、火を食べる魔獣？　山羊が紙を食べるような感じなのかな」

「えっと、そうですね。例えば、焚《た》き火《び》をしていると寄ってきます。正確には熱を摂取しているらしいんですが……」

「形は？　動物の山羊に似ているの？」

「似ています。角が四本あるし、蛇のような触手のたてがみを持っていますが」

「蛇のような触手!?　そんな物語に出てくるような魔獣が本当にいるんだね。でも赤い壁の家は多いし、色がはげ落ちている様子もない。塗料としてそれなりに頻繁に塗り直しているように見えるよ。姿はとても恐ろしそうだけど、その火食い山羊は飼育されているのかな？」

「よく飼育されています。人間に飼われることが好きなようで、魔獣の中では飼育に向いていると思います」

「そうなのか。見てみたいね！」

トゥル様は楽しそうだ。

火食い山羊はコドルよりも飼育が簡単だから、牧場も近い場所にある。我が家の別荘の近くでも放牧しているから、そのうちご案内しよう。

そんな計画を立てながら、ふと私は首を傾げた。

「トゥル様は、糞を使っていると聞いても嫌悪していませんね」

「ああ、それは……王都のご婦人方も、そういうちょっと変わった原料を使った化粧品を使っているからね。肌を美しくするのだそうだ。それに比べたら、防火用ならまったく違和感はないかな」

そうなのか。

私は肌の乾燥を防ぐクリームしか使ったことがない。

一応、大きな声では言えないような原料を使う化粧品のことは聞いたことがある。知らない方がいいとまで言われたから、私は詳しく聞かないようにした。将来も使いたいとは思わない。思わなかった。……今までは。

（王都のご令嬢たちが使っているのなら、私も使った方がいいのかしら）

そんな迷いを見透かしたように、トゥル様は急に真剣な顔になった。

「あのね、王都の化粧品というものは、時々とんでもないものがある。効果の有無より希少性だけを重んじたり、迷信のようなものもあるんだ。そんな効能も確かではないものを使うより、この地で長く使われている質の良いものを選ぶ方がいいと思うよ」

私はどきりとする。なぜばれたのだろう。

トゥル様はため息をついてみせた。

「女性は美しく化粧をしたいと思うようだが、私はあまり派手なのは好きではない。だから、君は自分の好み以上に頑張る必要はないよ。……多分、乳母に育てられたからだ」

きっと、乳母という方は少し身分が低い出身だったのだろう。でも、化粧に良い印象を抱いていないのは、それだけではないかもしれない。王妃様はとても美しい女性だと聞いたことがある。化粧も完璧にしているはずだ。

とはいえ、少しでもきれいになりたいという乙女心も捨てがたい。

「……肌を整えるくらいなら、してもいいですか？」

「私の好みの話だから、気にしなくていいよ。自由にどうぞ。オルテンシアちゃんはそのままがかわいいと思うけれど、華やかに装っても似合うだろうね」

トゥル様は笑顔でそう言ってくれた。

たぶん、どれだけ私の心を乱しているかなんて、全く気付いていない。

深い意味はないのだ。それはわかっている。

なのに、耳に残ってしまう。

トゥル様は王宮で美しい女性たちをたくさん見てきた方で、私は流行の形や優しい色のドレスを拒む田舎の小娘。穏やかな目はすでに襟赤栗鼠を見ているし、子供を褒めたくらいのお気持ちなのだとわかっている。

それでも、何気ない言葉に心が躍る。

もしかしたら妹程度に、もしかしたらもう少し特別な存在として、見てもらえているかもしれないと思うとなぜか嬉しくなる。

そんな余計なことを考えているとちょうど火食い山羊を連れた行商人が通りかかっ

て、トゥル様にお教えできた。トゥル様はとても喜んでいた。今はそれで十分だ。

だいたい、流行のドレスを着ることのない女が、顔だけを王都風に整えたとして何になる。滑稽なだけだ。

王都の美しい令嬢たちと肩を並べるなんて、できるわけがない。

そう思うのに……気が付くと、トゥル様はどんな色がお好きだろうかと考えていた。

◆　◆

「殿下！　こちらにいたんですか！」

聞き覚えのある賑やかな声がして、私は振り返った。

廊下の向こうから大股でやってきたのは、背の高い青年。ブライトル伯爵家の紋章の入った特徴的な革製の外套《がいとう》を着ている。

何度か顔を合わせたことがある。ブライトル伯爵家の分家出身で、伯爵軍の翼竜騎士隊に属する青年だ。名前は確か……クレイド・ブライトル。

「クレイド君。王都から戻っていたんだね」

「へへ、実は戻ってきたばかりです。いつも通り、殿下用のお茶を預かっていますよ。

我らではこういう質の良い王都のものは探せませんからね！」

長距離飛行用の姿のままのクレイド君に、疲れはどこにもない。ブライトル伯爵もそうだが、辺境地区の領主一族は体の作りが全く違うようだ。

どこか少年の線の細さを残したクレイド君は、私が少し前まで見ていた壁に目を向けると、「あ」と小さく声をあげてから困ったような顔になった。

「まいったな。また見つかってしまったんですね」

私が見ていたのは、廊下の壁の一部分だ。何か仕掛けがある。

ただし私は違和感を覚えた。何か仕掛けがある。隠し通路か、防壁か。王宮で見かける装置とは種類が違うから、思わず足を止めて見てしまった。

「これが何かを聞くつもりはないから、安心してほしい」

「いや、聞いてもらっても構わないですよ。エリカ叔母さん……じゃなくて、エリカ隊長には問題ないと言われてますし。あ、これ茶葉です」

王都でよく見ていた紙袋を差し出したクレイド君は、私が受け取ると一瞬ためらってから、声をひそめて続けた。

「……ロイスさん、お元気そうでしたよ。その、まだちょっと体がよく動かないようですが」

「そうか」

「でも安心してください。それとなくブライトルの人間が周辺を見張っていますから。まあ、辺境育ちの俺たちなんで、騒々しく差し入れを持って行ってるだけなんですけどね！　ブライトルの家に移ってもらうのが一番なんですが、あの人も頑固ですよね。とりあえず、うちの魔獣を住みつかせてるんで、妙な連中に手は出させません」

乳兄弟ロイスは、王都にいる。

私とともにこの辺境の地まで来て、再び戻っていった。王都はあの人の勢力圏だ。だからロイスのことが気になっていた。

しかし、そんな私の心配は軽々と見抜かれている。

ブライトル伯爵は、父上に私の様子を知らせるという口実で定期的に王都に人を送っている。そのついでに、私の好きな王都の食べ物を聞くためと言って、ロイスのところにも寄っているらしい。

辺境地区の領主たちは粗野だと笑う者たちがいる。

だがブライトル家にいると、必ずしもそうではないとわかる。兵士たちは評判通りに豪快だが、領主一族は繊細な配慮をする。

気の緩みが死を招く危険な辺境地区だからか、排他的なところはあるようだ。だが仲間と認めた人間に対しては、とても情が深い。

クレイド君も、そんなブライトル家らしい青年だ。

翼竜に乗り、王都への往復をこなしても元気いっぱいで、私を見つけるとすぐに駆け寄ってくる人懐っこさがある。

なぜいつもこんなに楽しそうに話しかけてくるのだろう。そんなことを考えていると、ふと思い出すことがあった。

「……クレイド君は、オルテンシアちゃんの従兄弟だよね？」

「はい、そうです！」

「ならば知っているかな。オルテンシアちゃんは鳥は苦手なのだろうか」

「えっ？　鳥ですか？」

「気のせいかもしれないが、いつも鳥とは距離を取っている気がするんだよ」

「えっと、それは……苦手ってわけじゃなくて……」

クレイド君は視線を逸らし、口の中でもごもごとつぶやいた。

屈託のない青年だから、この態度がすでに何かあると言っているようなものだ。そのことに自分でも気が付いたのか、クレイド君は困ったように頭をかいた。

「すみません。俺からは言えません。でも、シアは鳥が嫌いというわけじゃないんです。むしろ生き物全部が好きというか、弟たちより好奇心旺盛というか、子供の頃は俺たちと一緒にいろいろなものを見て、触って、乗り回してました」

「乗り回す？」

「あ、そうなんですよ。馬でも騎獣でも、何でも興味を持って、いつもガザレス叔父さんに乗せてもらってたんです。でも今は……すみません、これ以上は言えません。でもシアは、本当は鳥も翼竜も馬も好きなんです！」

クレイド君は身を乗り出すように、力説した。

凛々《りり》しい翼竜騎士なのに、そのまっすぐさは子供のように見える。

彼も含めて、ブライトル伯爵夫人の兄弟の子供たちはオルテンシアちゃんとよく遊んでいたらしい。そういう子供の頃の話を、オルテンシアちゃんはふと漏らす。

辺境地区だからなのか、地方領主とはそういうものなのか、ブライトル家の人々は血縁者同士の付き合いが濃厚だ。まるで本当の兄弟姉妹のように遠慮がなく親しげなのが伝わってくる。

「君は、シアと呼んでいるんだね」

「あっ！　すみません！　昔からの癖で！　俺たちはシアのこと……オルテンシアのことは本当の妹のように過ごしてきただけなんです！」

ふと浮かんだことを口にしただけなのに、クレイド君はなぜかとても慌てた。首を傾げると、クレイド君は冷や汗を流し始めた。

「本当に妹としか思ってませんから！　あいつは苦労もしていて、だから幸せになってほしいと思っていたので、殿下のようなすごい人と結婚できてよかったと思ってますよ！」

「でも、クレイド君は夫候補だったのではないのかな？」

「な、なぜそれを⁉　……確かにそういう可能性はあったけど、それはあいつが誰も選ばなかった時の話ですよ！　今はシアは殿下と結婚していて、思っていたより幸せそうで良かったと……ああっ、俺、またシアって言ってしまいましたか⁉　これはただの癖なんで、すみません！」

慌てているのか、クレイド君は早口だった。

少し聞き取りにくい。

私と話すときは訛りを抑えてくれているが、早口になると辺境風の訛りに戻る。嫌な感じがしないのは、真面目な気性が出ているからだろう。聞いていて心地好《よ》い。

「あの……殿下……？」

不安そうな声に、私は我に返った。

目を大きくしている顔立ちは伯爵夫人とどこか似通っていて、オルテンシアちゃんにも少し似ている。彼女はもっと落ち着いているが。

「クレイド君も、私のことはトゥルと呼んでいいのだよ？」

「えっ？　いいんですか!?　あ、いや、でも、シア……オルテンシアに嫌われたくないから……でも、言ってみたいな」

そわそわとするクレイド君は、子供のように無邪気だ。

「では、呼ばせていただきますよ。……トゥル殿下！　よし、言ったぞ！」

クレイド君は嬉しそうに笑った。

幼い頃のオルテンシアちゃんも、同じように屈託なく笑っていたのだろうか。

そんなことを考えた時、クレイド君が廊下の向こうを見て手を大きく振った。

「シア！　じゃなくてオルテンシア！　今度から、俺もトゥル殿下と呼ばせていただくことにしたぞ！」

「……クレイド。あなた、何を言っているの？」

たまたま歩いていたのか、それとも、私たちが立ち話をしていることを聞きつけて駆けつけたのか。少し息を切らせてやってきたオルテンシアちゃんは、従兄弟に呆《あき》れ顔《がお》を見せる。でも、すぐに心配そうに私を見上げた。

「トゥル様。クレイドは、従兄は何か失礼なことを言っていませんか？」

表情はクレイド君と似ている。

でも、柘榴石のような鮮やかな赤い目の輝きは全く違う。冷めているようで、とても一生懸命なところもオルテンシアちゃんらしいところだ。

「何もないよ。君の従兄は気持ちのいい人物だね」

「はい。素直なところは従兄弟たちのいいところだと思います」

にっこりと笑った顔は、まるで家族を褒められたように誇らしそうだ。

いや間違いなく、オルテンシアちゃんにとってクレイド君は家族なのだろう。幼い頃から親しくしてきて、オルテンシアちゃんが何を隠しているかも知っている。

不自然なほど肌を隠すドレスや、クレイド君が口ごもった鳥たちとの関係には、何か理由がある。そうでなければ、転びそうになった体を支えた時に違和感を覚えることはない。

隠しているのは、ただの傷痕ではないのだろう。もっと重要で複雑な事情がある。

だが、踏み込んではいけない。

私はブライトル家に庇護されている人間。濃密で温かい家族の中では、単なる客でしかない。ブライトル家の人々が口をつぐんでいる秘密なら、私は知るべきではないだろう。望まれないことはせず、許された範囲で生き、時が過ぎていくのを傍観する。私の人生はそれだけだ。

そう思っているのに……心の奥で何かが蠢《うごめ》く。

この地はとても居心地が良い。少しだけわがままに振る舞い、思うままに息をすることも許されている。

それでも、叶《かな》わないことがある。

今はとても大人びたオルテンシアちゃんが、無邪気に笑っていた頃を知ることはできない。二人が辺境訛りの早口で話している内容を聞き取ることは難しい。「妻」となった人なのに、知らないことは今もとても多い。

――私は、クレイド君が羨ましいのかもしれない。

数日後。

朝なのに暗い空を見上げていると、ぽつりと頬に水滴が落ちてきた。

この地には、雨が続く季節があるらしい。

第四章　雨の季節

結婚式の日から半年が過ぎた。

晴れた日ばかりだったブライトル領に、雨が降り始めた。強い雨ではないけれど、小さな水滴が長々と落ちてくる。

ほどよい雨は恵みだ。

大地に染み込み、水路のない地にも実りを約束してくれる。でも、この雨はトゥル様には歓迎されていないと思う。雨の日は、中庭に出ることができないから。

雨が降る日は、トゥル様は朝からずっと部屋で過ごしている……らしい。相変わらずメイドたちは、トゥル様の居場所を私に知らせなければいけないと思い込んでいるようだ。

「今朝も、お部屋で読書をしていらっしゃいました」

たったそれだけの言葉を伝えるために、朝食の前に私の部屋に報告に来る。

雨が降るようになって図書室をよく活用しているようだけれど、朝から図書室にこもることはしない。だいたい食後に向かっている。

　図書室は私の部屋から遠いし、階段の上り下りをしなければならない。探しに行かなくて済むのは助かるけれど……トゥル様は退屈していないだろうか。

　そう気を揉んでいるうちに、今朝はやっと空が明るくなってきた。

　小雨《こさめ》はまだ降り続いているものの、外に出ても体が濡《ぬ》れて不快になるほどではない。中庭に行くかもしれないと期待したのに、トゥル様は変わらず部屋でお過ごしで、食堂での朝食を終えるとすぐに自室に戻ってしまった。

（回廊から中庭を見ることもできるのに、最近はテーブルもお使いになっていないわ。王都の娯楽に比べると、やっぱり物足りなかったのかしら……）

　楽しく過ごしていただいていると思い込んでいたから、申し訳なくて落ち込んでしまう。

　こっそりため息をついていると、食堂の入り口が急に騒々しくなった。護衛たちを引き連れたお父様が入ってきたところだった。

　お父様は今朝も革製の上衣を着て、腰には剣を帯びている。護衛たちより武人らしい姿だ。でも以前はほとんどつけたことのなかった大振りの首飾りを身につけている。

　ブライトル家の紋章と大きな宝石を連ねたもので、領主の身分を示している。王都ではいつも身につけていると言っていたけれど、ブライトル領にいる間は、視察の時すらつけ忘れることが多かった。身を飾ることを思い出したのは、トゥル様に触発されたからだろう。

お父様は大柄で姿勢がいいから、着飾らなくても十分に威厳はある。でも領主らしい飾りを身につけると、さらに威厳が増す。メイドたちの間でも人気が上がっているらしい。

「とは言っても、奥方様の人気には負けますけどね！」

ナジアがいない間にこっそり教えてくれたリンナは、そう言って笑っていた。

そんなお父様は、今から朝食なのだろうか。ずいぶんと遅い。てっきり執務室で秘書官たちと打ち合わせをしながら食事を済ませたと思っていたから、私はこっそり首を傾げた。

でも、お父様の目的は食事ではなかったようだ。食堂の入り口で足を止め、きょろきょろと室内を見てから私のところにやってきた。

「オルテンシア。殿下はもう部屋に戻ってしまったのか？」

「はい。トゥル様にご用でしたか？」

「特に用というわけではないが、そろそろ退屈なさっているのではないかと思ってな。

見回りのついでに、外へお誘いしようかと思っていたのだ」

お父様も、トゥル様には気を遣っている。

でも辺境で騎士もこなすお父様と、王都で王子殿下だったトゥル様では、気晴らしの方法が違いそうだ。

外出が楽しいという方向性は似ているけれど、体を動かすのではなく、珍しいものを見るのがお好きなのだから一緒にしていいものか。

見回りはともかく、雨の日にしか見られないものがあれば、トゥル様にも楽しんでいただけるかもしれない。何かないだろうか。

「お父様。雨の日にしか見ないとか、雨の日に特有の行動をとる動物とか、そういう存在に覚えはありませんか？」

「雨の日だけ？　ああ、殿下が興味を示しそうなものということか。さて、魔獣ならいくつか心当たりはあるが、私が知っているのは危険なものが多いからなぁ」

お父様も真剣に考えてくれた。でも、私もお父様も魔獣や植物の専門家ではない。どちらかというと、危険かどうかしか知らない。珍しいものをと考えても、すぐには思いつかない。

「うーん、来週なら学者たちが集まるんだが……」

悩んだ末に、お父様が申し訳なさそうにつぶやいた。

来週。今は果てしなく遠く感じる。

少なくとも、今日明日の参考にはならない。

学者たちには今後の参考のために話を聞いてみるとして、諦めて自力で何か探すしかないようだ。ため息をついた時、ちょうど食堂に入ってきたお母様が微笑んだ。

「ならば、殿下を書物庫にご案内するのはどうでしょう？　あそこならいろいろな書物があるし、通常は持ち出し禁止になっている資料も揃《そろ》っています。殿下の興味を引くものもあると思いますよ」

「でも、お母様。書物庫には機密事項を含んだものもたくさん保管されているはずです。お見せしてしまっていいのですか？」

「あの方ならいいでしょう。それに、あの場所は殿下がお好きそうなものがたくさんあります。ブライトル伯爵、許可してもいいですよね？」

「……そうだな。トゥライビス殿下なら問題はないだろう」

お母様の言葉に、お父様は少し考えてから頷いた。

領主代行であるお母様が提案して、領主であるお父様が許可を出したのなら、完全に大丈夫だ。

私は両親にお礼を言って、トゥル様に知らせに行くことにした。

トゥル様がお使いになっている部屋は、日当たりがいい客間だ。

窓からの見晴らしがよく、食堂も遠くない。ご用意する時は特に意識していなかったけれど、中庭にも出やすい場所にある。

私も、部屋の支度を進めていた時に何度か中に入った。窓の外は足がかりのない壁で、警備の兵が最も頻繁に通る場所だ。もちろん、壁までたどり着くためには、昼夜を問わず衛兵がいる場所を抜けなければならない。

トゥル様にはお伝えしていないけれど、部屋の周辺は常に監視がついている。複数の監視が同時についているから、お父様の部屋より安全が保たれているだろう。

そんな厳重な警備を、私たちはできるだけ感じさせないようにしている。でも、中庭に出る時以外はずっと部屋にいらっしゃるから、もしかしたらトゥル様は気付いているかもしれない。

「トゥル様、少しいいですか?」

ノックをして少し待つ。

この部屋の鍵は持っているし、トゥル様から寝室以外は自由に入っていいと言われている。外で待つのは私のけじめだ。もしお休みになっているとか、読書に熱中しているなら、出直そう。

そう考えていると、扉が開いて鮮やかな金髪が見えた。

トゥル様だ。

驚いていると、扉を自ら開けてくれたトゥル様は笑った。

「そんなに驚いて、どうしたの？」

「お休みになっているか、声をかけていただくくらいだと思っていたので……」

「オルテンシアちゃんが来てくれたのに、そんなそっけない態度はできないよ。もしかして、今日は何か予定が入っていたかな？」

呼びにきたのかと思ったらしい。

私は慌てて否定した。

「違います！　ずっとお部屋にいらっしゃるから、気晴らしにお誘いしてみようと思っただけです！」

「気晴らし？」

首を傾げたトゥル様は、私を中へと通してくれた。

部屋の中は、私が整えるのを手伝った時と少しも変わっていなかった。

古いけれど我が家で一番上質な棚は歪みのない高価なガラスを使っていて、お酒や銀杯、翡翠《ひすい》を彫り上げた文鎮などを飾っている。テーブルは深い暗紅色《あんこうしょく》のキバロウの板にモラ貝の象嵌《ぞうがん》を施したもので、暖炉の前の一番心地好い場所に置かれた椅子は黒牙牛の革製だ。

トゥル様が辺境独自の動植物に興味を持っているとわかってからは、壁にはブライトル領の風景画を飾るようになった。今は別荘と周辺の風景を描いたものだ。

でも……。

私はメイドが運んできた青花茶を飲みながら、もう一度部屋の中を見た。

書き物ができる机には、我が家の図書室から持ち出した本が何冊も積まれているし、椅子の位置は私が見た時から変わっている。

でも、ここで生活している感じはない気がする。

私たちがご用意したものが、そのまま使われている。お茶は青花茶を気に入っているとメイドたちが教えてくれたけれど、この部屋にはそういう好みが見えてこない。もう半年も、この部屋でお過ごしいただいているのに。

「……何か、不足しているものはありませんか？」

「ん？　何も困っていることはないよ。居心地よく整えてもらっているし、この部屋は見晴らしもいい」

「それならいいんですが……」

トゥル様が笑顔だから、私もそれ以上は言いにくい。

だから、本来の目的を思い出すことにした。

「実は、トゥル様を書物庫にお誘いしてみようと思って参りました」

「書物庫？」

くつろいだ様子でカップを口元に運んでいたトゥル様が、わずかに眉を動かした。

この感じは、書物庫に興味を抱いてもらえたようだ。私は少しだけ身を乗り出した。

「あまり外には出せないのですが、我が領内の植生や魔獣に関する記録が書物庫に集められています。楽しんでいただけるのではないかと」

「それは面白そうだけど、その書物庫はどこにあるのだろう？　この屋敷の図書室では、そういう感じのものはないよね？」

「我が家の別荘です」

「……別荘」

小さくつぶやき、トゥル様は壁を飾る絵を見た。

書物庫へは興味を持っていただけた。

でも、なんだか乗り気の時の反応とは違うようだ。少し身を引いた雰囲気がある。

私は急いで言葉を続けた。

「別荘ですから、ここからは少し離れていますが、馬車で半日くらいです。道中の警護には万全を期すつもりですし、周囲には火食い山羊の放牧場もありますよ！」

「火食い山羊、というと赤い壁の？　それは気になるね」

トゥル様は今度ははっきりと興味を示してくれた。

なのに、なんとなくためらいを感じる。見に行きたいとは言ってくれない。もっと積極的に「すぐにでも見たい」と言い出すと思っていたから、私は戸惑ってしまった。

どうしたのだろう。

そういえば、最近はこの部屋からほとんど出ていない。

急に心配になってきた。そういう目で見ると、表情が硬いような……。

「トゥル様。もしかして体調が良くないのですか？」

「そんなことはないよ」

トゥル様は笑ってそう言ったけれど、その笑顔にも何か違和感がある。

私はじっとトゥル様を見つめた。端整なお顔立ちで、髪は相変わらず明るい蜂蜜色に輝いていて、困ったように私を見返す目は青みが強く見える緑色だ。

でも何かがおかしい。

ほんの少しだけ表情が硬くて、笑顔が薄い。いや、それよりもっと何かが……。

（……あ、目の下のあたり、少し肌の質感が違う？）

お化粧のように肌に何か塗っているようだ。わずかに違和感がある。間近で見て、やっと気付くか気付かないかくらいの差だけれど。

顔全体におしろいを使って、目の下は少し濃いめに塗っている。クマを隠しているようだ。血色も良く見せている。そういう目で見ると、本当は少しやつれているかもしれない。

ブライトル家にお迎えしたばかりの頃なら、何も気付けなかっただろう。

でもこの屋敷では、トゥル様は毎日楽しそうに笑っていた。そんな時の顔と比べると、やはり今日のトゥル様は違う。雨続きでずっと光が弱くて暗かったから、いつもと様子が違うことに気付くのが遅れてしまった。

いつからだろう。

街に出掛けた時は、肌の色を隠している様子はなかった。

では、その後は？

中庭で植物を見ていた時はおかしなところはなかった。雨が降り始める前までは、とてもお元気そうだった。朝はいつも中庭にいて、時々厩舎《きゅうしゃ》まで足を延ばして馬番や騎士たちと楽しそうに話をしていた。

ということは、雨が降り始めた後からだ。

「トゥル様、雨の日はお嫌いですか？」

思い切って聞いてみると、トゥル様は曖昧に笑った。気が弱かったら流されてしまうかもしれない。意気込みすぎても受け流されるだろう。

だから私は、いつもより大胆に振る舞うことにした。青花茶のカップを遠ざけて立ち上がる。

「オルテンシアちゃん？」

いぶかしげなトゥル様の視線を敢《あ》えて無視し、私は座ったままのトゥル様のすぐ横に立った。

「ご無礼をお許しください」

私はそっとトゥル様の顔に手を伸ばした。

一瞬、トゥル様の手が動いた。

でも腰に帯びた剣の柄に伸びただけで、剣を抜くことはなかった。指先で頬に触れてみても、私を突き飛ばすことはなかった。

トゥル様の全身に緊張が走っている。私を斬り捨てたい衝動と戦っているのか、意図を探ろうとしているだけなのか。

斬られる覚悟は、一応した。できれば、死なない程度にとどまればいいと思ったけれど。

握っていたハンカチを、トゥル様の顔にそっと当てた。

緊張で微《かす》かに震える手で、ゆっくり丁寧に目の下の肌を拭っていく。トゥル様も私の意図を察したようで、目を閉じて私がやりたいようにさせてくれた。

左右の目の下を拭い終えるとハンカチが肌そっくりの色に汚れ、一瞬手が止まりそうになるほど黒ずんだ肌が現れた。やはり練りおしろいを使っていたようだ。目の下のクマは思っていたより濃い。

「……眠れないのですか？」

「少しね」

トゥル様は柔らかく微笑み、目を開けた。この距離で見ると、目もわずかに赤い。

大切におもてなししているつもりだったのに、眠れていないことに気付けなかった。

ブライトル領に慣れてくださったと油断していた。

私との結婚は、心穏やかな日々をお約束するためなのに！

いろいろ考えすぎた私は、すごい顔になってしまったようだ。トゥル様は軽く瞬きをして、それから笑って私の手を取って椅子へと導いてくれた。

「心配させるつもりはなかったんだ。こういうのを隠すことが私の日常だったからね」

「それは……」

王宮にいた時も、眠れない日が続いていたということだろうか。それが日常だったのだろうか。

「……何か、私にできることはありませんか？」

「ありがとう。でも、これはどうしようもないのだよ」

ごく当然のことのように、トゥル様は言う。

そんなのは当然のことではない。眠れない夜のつらさは、私も知っている。でも今の私は心穏やかに眠ることができる。ここが私の家だから。

でもトゥル様にとっては、ブライトル家はまだそういう場所ではないのだ。

何と言えばいいのか、わからなくなった。そんな私を見て、トゥル様は子供をあやすように少しだけ微笑んだ。

「君が思い悩む必要はないよ。……雨が降っていると、音が聞こえにくくなるだろう?」

「……あ」

「外の音が聞こえない。近付く足音が聞こえない。異常が起こっても気付きにくい。周囲にも伝わらない。それが怖いんだ」

トゥル様の声はとても静かだった。

喉の傷痕を見ていたはずなのに、私には想像力が足りていなかった。トゥル様がどんな日々を送ってきたのかを、改めて思い知らされた。

「ごめんね。ここは安全で、ブライトル伯爵は——義父上は警備を万全にしてくれている。そうわかっていても、体に染みついているんだ」

そう言って優しく笑ってくれたけど、トゥル様の顔は憔悴《しょうすい》していた。こんなお顔が日常だったなんて。まるで、魔の森をさまよい続けた人のような顔だ。

この穏やかな人のために、私は何をして差し上げればいいのだろう。無力な自分が悔しい。

トゥル様が、控えているメイドにお茶のおかわりを頼む。少し目が潤んでいるメイドは、でも滑らかな手つきでお茶を用意した。

緩やかに立ち昇る湯気を見ていた私は、ふと思いついた。

魔の森のような恐怖と危険にさらされていたのなら、辺境流の護身を試すのはどうだろう。安心していただけないだろうか？

真剣に考え込んでいると、トゥル様はまた首を傾げた。

「オルテンシアちゃんは次期領主だよね？」

「はい。まだ正式な承認は得ていませんが」

「ということは、君はこの地では最も重要な人物の一人だと思うけれど、義父上に比べると、君の警備はそれほど手厚くないように見えるんだが」

「護身用の魔獣を連れているから、でしょうか」

「今も？　襟赤栗鼠のようなものかな？」

トゥル様は少し身を乗り出したけれど、またすぐに不思議そうに首を傾げた。今日の私が毛玉や、それに似たものを身につけていないからだろう。

でも、私にはいくつかの守りがある。若いメイドたちが知らないことも含めて。全てを披露することはできないけれど、一つだけお見せすることにした。

「これです」

私が「それ」を外して差し出すと、トゥル様は一瞬ぽかんとした。

手のひらの上にあるのは、耳飾りだ。

一見すると、よくある銀細工に見える。でも耳に固定する銀製の金具からぶら下がっている細長いものは、銀ではない。

光沢の強い銀色は金属そのものに見えるけれど、これは生きている。長時間よく見ていると、つるんとした金属そっくりの体がまれに脈動するのがわかるし、触ればごくほんのりと体温を感じる。シンプルな銀製の飾りに見えるこれは、ブライトルの領主たちが愛用してきた魔獣なのだ。

「小さいですが、物理的な攻撃を防いでくれる魔獣です。……試してみますか？」

そう聞いたのは、トゥル様の目がなんだか真剣だったからだ。

少し曖昧な色合いの目が、いつもより冷ややかな青色に見えた。口元にはまだ微笑みの名残《なご》りがあるのに、笑っているようには見えない。

この飾りを身につけた私に斬りつけたらどうなるか。そう考えているはずだ。ほんの一瞬、トゥル様の視線が腰に帯びている剣に向いていた。

トゥル様はすぐには反応しなかった。でも恐ろしいほど真剣だった目が緩み、口元に微笑みが浮かんだ。

「いや、やめておこう。その子に嫌われたくない」

「防護専門の魔獣ですから、攻撃したりはしませんよ？」

「でも、君には懐いているのだろう？」

それは、そうかもしれない。

魔獣という存在は、人間に対して悪意しか持たないとか、人間を獲物としか思っていないとか、そんなことを言う人がいる。高名な学者でもそう主張する人がいるらしいし、そういう面はあるとは思う。

でも人間のそばで生きる魔獣たちは、必死に良い環境を与えようとする人間に寛容だ。トゥル様のように何の先入観も持たずに接する人の目には、懐いていると表現したくなるのかもしれない。

幸いなことに、我が家で育てている魔獣たちは私にとても好意的でいてくれる。

この小さくて頼りなさそうな銀色の防護用魔獣も、可能な限り守ってくれる。魔獣たち自身に命の危機が迫らない限り、という条件があるにしろ、私がこの辺境地区でくつろいでいられるのは、この魔獣たちのおかげだ。

「では、触ってみますか？」

「……いいの？」

「トゥル様なら問題はありません。ただ、動いてくれないかも……あ」

私の言葉の途中で、トゥル様は耳飾りもどきに手を伸ばしていた。用心深く自分の手のひらに乗せ、しげしげと見ている。

「……すごいな。金属に見えるのに、金属の感触ではないね。冷たくはなく、かと言って君の手の体温が移っているわけではない。不思議な感触だ」

そんなことをつぶやきながら、そっと指先でつついた。

と、その時、銀細工に見えた銀色のものがくねりと動いた。

ぺらりと薄い体が丸くなり、埋もれていた顔がむくりと起き上がる。チリーン、と鈴のような音がした。それがこの魔獣の鳴き声だ。私を気にするように動いてから、すぐそばにあるトゥル様の指に頭のような部分を擦《こす》り付《つ》けた。

「これは……友好的な態度をとってもらったと自惚《うぬぼ》れていいのかな？」

「自惚れてください。この魔獣、私たちはカートルと呼んでいますが、守護対象以外には本当の姿をほとんど見せません。鳴かないと思われていたこともあるくらいです」

「でも、君は鳴き声を聞き慣れているようだね」

「多くはありませんが、鳴き声を聞く機会はあります。危険を察知した時には必ず知らせてくれますし、ねぎらってあげた時も、よく鳴きます」

「ふーん。忠誠心の強い子なんだね」

トゥル様はカートルの頭のような箇所を指で撫でた。カートルはプルプルと震え、それからまた平べったい形になる。でも、よく見るとさっきまでとは形が違う。

私はため息をついた。

「トゥル様。このカートルはトゥル様をお守りしたいようです。身につけていただけますか」

「でも、これは君の護衛だろう？」

「これだけ懐いて、形もトゥル様向けに変えようとしていますから、どうか使ってあげてください。首や心臓の近くに飾ると、急所を守ってくれます」

「……本当に私が使っていいのかな？」

「トゥル様の御身をお守りするためですから、喜んでお譲りしますよ。この魔獣は必ず双子で生まれ、二匹で対になります。もう一方のカートルも、きっとトゥル様に……」

「私は、この子だけでいいよ。もう一方の子は、オルテンシアちゃんが身につけておくべきではないかな。この子は君のことが大好きなようだから、双子の片割れが君と一緒にいる方が落ち着くだろう」

トゥル様はそう言って、カートルを首元の飾り鎖に引っ掛けた。

落ちにくい角度に曲がっていただけの先端が、するりと塞がってしまう。その場所が気に入ったらしい。銀細工風の姿なのに、嬉しさを示すようにぷるりと震えた。

トゥル様のことが本当に好きなようだ。ここまでわかりやすいのは、とてもかわいい。つい笑いそうになって、私はこほんと咳払いをしてごまかした。

「トゥル様。できるだけ毎日身につけてあげてください。枕元に置けば、それに相応しい形に変わるはずです。きっと昼も夜もトゥル様をお守りするでしょう」

「では、いつもそばにおこう。こんな小さな子なのに、なぜかとても安心するよ。不思議な感じだね。……これなら眠れそうな気がする」

トゥル様は微笑んだ。

よく眠れるようになったら、遠出しても体に負担はかからないはず。

「では、しっかり眠れるようになったら別荘に行きませんか？　馬車で行ってもいいですし、馬に乗っていくのもいいかもしれません。トゥル様は乗馬はお好きなのでしょう？」

「そうだね、馬は好きだ。どこまでも行けそうな気がするから」

「では、馬をご用意しましょう。少しくらいの雨ならこの地の馬たちは平気ですし、馬具に護衛用の魔獣を潜ませることもできるんですよ」

「いいね。楽しそうだ」

「では一週間後くらいを目標にして、様子を見ながら……」

「明日の出発は無理かな？」

「え？」

「明後日《あさって》でもいいのだけれど」

急に、トゥル様が前向きになった。懐いた魔獣を身につけているのが嬉しいのかもしれない。

いいことだ。明日は無理ですとお断りしたけれど、なんだか私まで別荘へ行くのが楽しみになってきた。やっぱりトゥル様はこうでなければ！

◇

安眠用のお守りに差し上げたカートルは、効果絶大だったらしい。

翌朝、食堂でお会いしたトゥル様は、とても爽やかな顔をしていた。隙を見て少し近くで確認したけれど、肌の色を隠している様子はない。

食事の後、部屋へ戻る前に中庭に面した回廊へお誘いすると、トゥル様は気軽に応じてくれた。ちょうど雨の中を飛び回る巨大な蝶を見つけたこともあって、とても楽しそうに見える。

「……昨夜は眠れましたか？」

そっと聞くと、トゥル様は襟元の装飾品のピンに一緒に通したカートルに軽く触れて笑った。

「驚くほどよく眠れたよ。まさか、催眠作用を持っているとかではないよね？」

「催眠力はないと思いますが、もしかしたら何か力を持っているかもしれませんね。大きく形態を変える魔獣は、それだけ魔力が強いという証《あかし》ですから」

「ふーん。こんなに小さいのに、魔力は強いのか」

トゥル様は、また興味深そうにカートルに触れて、それからふと私の耳元を見た。

「君の耳飾りは片方だけになってしまったね。でも形が前見た時とは違うようだ」

「はい。変化しました」

今朝目が覚めると、私のカートルは形を変えていた。トゥル様に差し上げたカートルと形を揃えたらしい。

こうしてトゥル様のカートルと見比べると嬉しくなる。なぜだろう。

そんなことを考えていて、ふと気付くと、トゥル様はまだ私の耳飾りを見ていた。

形が変わったことが面白いようだ。

と思っていたら、手を伸ばして耳飾りの一部になりきっているカートルに触れた。銀細工そっくりの魔獣は、トゥル様に触れられてぷるりと震えたようだ。見えないけれど、耳に振動が伝わってくる。

「その子も、君のために張り切っているようだね。細かい形は違うのに、私のものと雰囲気が似ている。形がお揃いになるのは双子だからなのかな」

トゥル様はそう言って笑い、覗き込むように顔を寄せて、もう一度私の耳飾りを指で突いて動かした。

ゆらゆらとカートルが嬉しそうに揺れている。

その振動に、私の心臓の音が重なった。耳飾りの揺れはだんだん緩やかになるのに、私の心臓は早くなるばかり。

……顔が熱い。

トゥル様のお顔が近いから、きっと高価な香水に酔っているのだ。

気持ちを落ち着かせるために、さりげなくトゥル様から離れる。

ちょうど大きな蝶がひらりと飛んできたので、手を差し出した。鮮やかな赤紫色の蝶は私の手を掠《かす》めるように飛ぶ。でも、私の手に触れることはない。

「大きな蝶だね」

「赤揚羽《アカアゲハ》と呼んでいます。王都に似た蝶はいますか？」

「アゲハ蝶に似ているかな。羽の形や模様がそっくりだ。色はもっと黄色いし、大きさもずいぶん違うけれどね」

トゥル様はそう言って笑い、近付いた蝶に手を伸ばす。

近くにきたから、何となく手を伸ばしただけだろう。でも赤揚羽はその指先にひらりと止まった。

「えっ？」

トゥル様が驚いている目の前で、赤揚羽はのんびりと羽を広げたり閉じたりしている。

間近で蝶をじっと見ていたトゥル様は、そっと私を振り返った。好奇心で目を輝かせているかと思ったら、何だか困ったようなお顔だ。

「この蝶も、まさか魔獣なのかな？」

魔獣に好かれやすいから、寄って来たこの蝶も魔獣だと思ったのだろう。

もしかして、虫はあまりお好きではなかったのだろうか？　いや、そうではなさそうだ。指に止まった瞬間のお顔は、驚きと同時にとても嬉しそうだったから。

私は笑いを堪えて、すまし顔を作った。

「いいえ。それはただの虫です。でもきっとそうなるだろうと思っていました。トゥル様は辺境地区の生物全般に好かれやすいようですから」

「そうなのかな。でも君にも寄って行ったよ」

「私は、好かれているのとは違います。少しだけ……空を舞うものたちの気を引くだけです」

本当に、少し気を引くだけだ。

あの蝶のように。

鳥たちも、野生種の翼竜たちも、私に気付くと少しだけ寄ってくる。でも私に触れることはない。慕わしく触れてくれるのは飼い慣らした魔獣たちだけだ。

トゥル様は、私の言葉の中に混じってしまった複雑な感情に気付いたようだ。私をじっと見ている。でも私が気付かないふりを続けると、指に止まった蝶に目を戻した。

「……そういえば、形態を変える魔獣は魔力が強いと言っていたけれど、カートルは体の大きい魔獣より魔力を持っているのかな？」

トゥル様は話題を変えてくれた。

密かにほっとしながら、私もそれに乗せていただいた。

「正確にはわかりませんが、たいていの大型魔獣より魔力は強いと思います。だからこそ、護身用に使っています」

「なるほど」

トゥル様は大きく頷いた。

顔の肌の色は明るい。すっかりお元気になっている。

これならあの計画を実行しても大丈夫だろう。昨日両親に相談したことを、トゥル様にもお話しすることにした。

「トゥル様。昨日少しお話しした、別荘のことですが」

「いつ行けるようになった？」

指から離れ、再び雨の中へと平然と飛んで行く蝶を見送っていたトゥル様が、くるりと振り返った。あまりの勢いに、私は少し驚いてしまったけれど、すぐに気を取り直して言葉を続けた。

「護衛の手配ができましたので、いつでも出発できますよ」

「それは嬉しいね！　最短でいつ？」

「トゥル様がお望みならば、明日にでも」

私がそう言うと、トゥル様はさすがに明日は予想していなかったのか、一瞬とても驚いた顔をする。

でもすぐに目を和らげ、とても嬉しそうに、とても楽しそうに笑ってくれた。

◇

翌日、私たちは別荘へと向かった。

直前まで乗馬するつもりでいたトゥル様用に馬をご用意したけれど、結局私と一緒に馬車に乗っている。

理由は単純だ。

メイドが、アバゾルを詰め込んだカゴを私の隣に置いたから。

別荘にも人手は十分にあるけれど、身の回りの世話はいつものメイドたちに任せることにしている。ナジアやリンナのほか何人かと、トゥル様付きの従者たちが後続の馬車に乗っている。

同行するのはメイドたちだけではない。掃除用にアバゾルをカゴに詰め、途中で紛失しないように揺れの少ない私の馬車に乗せた。

それをトゥル様が目敏《めざと》く見つけてしまって、乗馬服のまま私の隣に座っている。今はアバゾルの捕らえ方を聞いている真っ最中だ。

「なるほどね。埃を餌にした罠《わな》か。とすると、罠はアバゾルが外に出ないような工夫があるのかな？」

「は、はい。こう、角度のある折り返しがあると、アバゾルは登ることができないんです」

「ああ、そうだった。どのくらいの角度にしているのかな？」

「えっと、私はこのくらいになるように作ります」

「ん？　君が罠を作っているの？　それはすごいね！」

緊張しているメイドが身振り手振りを交えて一生懸命に答えると、トゥル様が身を乗り出した。トゥル様は本当に好奇心旺盛だ。

そう話している間も、カゴを抱えてアバゾルを撫でているし、アバゾルたちも今日は逃げようとせずにトゥル様の指に触角を絡ませている。

不思議な光景だ。

トゥル様が凜々しい乗馬服姿だから、一層不思議に見えてしまう。

緩やかに垂らしていることが多い金髪は、スッキリと束ねていた。乗馬服は体の動きを妨げないように体に沿ったデザインで、細身に見えても意外に鍛えている体つきがわかりやすい。

出発前に馬を撫でていた姿は、周囲の騎士たちと溶け込んで見えた。

もしかしたら、剣の腕前もかなりのものなのかもしれない。朗らかで、親しげで、でも周囲を圧倒するような気品があって、今日のトゥル様はまさに高貴な王子殿下だ。

でも、アバゾルを見た瞬間に駆け寄ってきて……不覚にも「ああ、トゥル様だな」と安心してしまった。

今回の別荘行きは、領内に関する文書の中でも機密性が高いものをお見せするためだ。別荘には他にも、トゥル様に楽しんでいただけそうなものがたくさんある。

お父様から勧めてもらったように、少し長めに滞在してもいいかもしれない。

そんなことを考えながら、馬車の外を見た。

すぐ近くを護衛の騎士が並走していた。空馬の手綱を引いている騎士もいる。今日はお乗りにならなかったけれど、トゥル様は本当に馬がお好きなようだから、あの馬に何度も乗ることになるだろう。

本邸に比べて、別荘の警備は極めて厳重だ。外部からの人の出入りもほとんどない。トゥル様にも、もう少し伸びやかにお過ごしいただけるはずだ。

とその時、並走している騎士のマントが大きく揺れた。

強い風が吹いたようだ。護衛隊長の騎士グレムが空を見上げ、すっと馬を馬車に寄せてくる。私が窓を開けると、馬上で敬礼をしてから空を指差した。

「銀鷲《ギンワシ》隊と合流しました。まもなく別荘の敷地内に入ります」

「わかりました」

私が頷いたけれど、グレムはまだ馬を寄せたままだ。どうしたのかと首を傾げると、少し馬車の奥を覗き込むようにしてからニヤッと笑った。

「あの黄色いやつに夢中のようですが、殿下にお知らせして差し上げるべきかと」

「……あ、そうですね」

私が振り返ると、まだトゥル様はアバゾルを撫でている。でも私の視線にすぐに気付いて、顔を上げた。

「どうしたのかな?」

「もうすぐ別荘につきますが、銀鷲隊が来ていますよ」

「……銀鷲隊……というと、最速と呼ばれている、あの銀鷲⁉」

突然、トゥル様が腰を浮かせた。走行中で揺れているのに、気にせずに窓へと体を寄せる。銀鷲が見える窓は私の側にあるから、私は馬車の壁面とトゥル様の体に挟まれてしまった。

「あんなに大きいのか！　それに羽が本当に銀と同じ色と光沢だ！　ああ、翼の内側はあんなに鮮やかな青色をしているんだね！」

「……トゥル様、銀鷲隊は別荘警備を担当していますから、到着してからよく見ることができますよ」

「うん、でも飛んでいる姿を見てみたかったんだよ！　銀鷲についてはそれなりに知っていたつもりだったけれど、実物は書物で見て想像していた以上だ。本当に美しいな！」

トゥル様は興奮しているようだ。私が窓に張り付く形になって慌てているのに、全く気付いてくれない。

（ちょ、ちょっと近過ぎるのではないかしら……！）

でもカゴはしっかりと抱えたままだから、アバゾルたちが転げ落ちることはない。だから問題はないのだけれど……私の顔のすぐ前にトゥル様の乗馬服が迫っている。

「殿下。我らのお嬢様が困惑しておられます。どうかご容赦して差し上げてください」

外を並走しているグレムが、笑いを噛《か》み殺《ころ》しながら言ってくれた。

それでやっと、私の顔がほとんどトゥル様の胸に触れるくらいに密着していることに気付いてくれた。

「あ、ごめんね」

トゥル様は慌てて離れた。でも視線はまだ馬車の外へと向いている。

まだ近くに残っているトゥル様の香りを気にしないようにしたけれど、熱くなった頬だけは持て余してしまう。

「今まで気が付かなかったけれど、周囲の風景もかなり変わっているね。それにあの林は、葉の色が青というより水色に近くてきれいだ」

「……その林の向こうが、別荘がある場所です」

何度も咳払いをして、やっと声が出た。

少し掠れていたけれど、トゥル様にははっきりと聞こえたようだ。前方に見えてきた林を見つめ、うっとりとため息をついた。

「確かに、あの絵にあった水色の木と同じだ。なんて美しいんだろう」

夢を見るような、どこか熱に浮かされたようなつぶやきだ。

それが妙に色っぽく見えて、私はまた落ち着かなくなった。さっきの近さを思い出してしまって頬が熱い。

トゥル様が抱えているカゴの中では、アバゾルたちがゆらゆらと揺れている。私はその黄色の触角に無理やりに視線を固定した。

◇

ブライトル家の別荘は、「別荘」という言葉の響きからは程遠い厳重な警備が敷かれている。

領主一家が生活をする本邸以上と言ってもいい。

のどかな水色の林に囲まれているだけに見えても、その林がそもそも防壁の役割を果たしている。木々の枝を飛び回る小鳥や地面を走り回るネズミの中には、動物に擬態した飼育魔獣が交じっている。

そんな目立たない守りは無数にあり、美しく見える外壁には様々な仕掛けがある。さらに、この別荘は銀鷲に騎乗する騎士隊が常駐し、日夜を問わず上空から周囲を監視している。

この地に別荘があるのは、名目上は密集地では銀鷲の飼育が難しいためだ。もちろん本当の役割は貴重な資料を保管するためであり、私たち領主一族の最後の砦《とりで》となる場所だった。

そんな別荘は、トゥル様にとっては大変な娯楽の場であるらしい。予想はしていたけれど、三日が過ぎても退屈する余地が全くない。

初日は銀鷲とアバゾルで終わり、二日目はそれに林の木々が加わった。別荘の警備体制の説明を兼ねて敷地内を案内したのだけど、途中で敷物の上でお茶とお菓子を楽しむのんびりとした散策となってしまった。

やっと書物庫にご案内できたのは、三日目の今日。それも午後になってからだ。

「ここにあるものは、すべて読んでいただいて構いません。でも地形についての資料は最重要機密ですので、取り扱いにはご注意ください。他は、部屋で読んでいただいてもいいですよ」

「それはありがたいね。どれも興味深いな。植生だけでもこんなにあるということは、ブライトル領は思っていた以上に多様なんだね」

「魔の森に接していますから」

私がそう言ったのを、トゥル様は聞いているかどうか。早速、手近な棚から書物を取り出している。

今日の午後はもちろん、明日も明後日も書物庫に通ってくれそうだ。

ほっとしていると、書物庫の扉を叩《たた》く小さな音がした。

トゥル様が書棚の前で熱中しているのを確かめてから、私は扉へと向かう。

そこにはグレムがいて、少し困ったような顔で名刺を差し出した。

「アリアード子爵がお見えです。今は敷地の外でお待ちいただいていますが、いかがいたしましょう？」

「……アリアードのおじさまですか」

私はため息をついた。

アリアード子爵は、お父様の従兄弟にあたる。別荘からそんなに遠くないところに領地と屋敷があるから、私がここに滞在していると知れば挨拶に来ることはおかしなことではない。

私は、アリアードのおじさまのことは嫌いではない。

お父様とは全く違うタイプだけれど、陽気で、賑やかなことが好きで、幼い頃はお会いするのが楽しかった。よく王都の話をしてもらったものだ。

でも、今日はトゥル様がいる。せっかくおくつろぎいただいているのに、伸びやかな時間を乱したくはない。

それにアリアードのおじさまが来たということは、ロディーナおばさまも一緒のはず。お二人が揃うと、何と言うか、とても……騒々しいのだ。

「おじさまには申し訳ないけれど、今日はお帰りいただこうかしら」

「お言葉ですが、アリアード子爵に対しては、それは得策ではないと思います。あの方はプライドの高いお方ですから」

「それはわかっているわ。でも、今回はお断りしましょう。その代わり、後日、私がおじさまのお屋敷に直接お伺いします。そう伝えてもらえるかしら」

「では、そのようにお伝えします」

お父様と同じくらいの年齢のグレムは、少し考えてから頷いた。私にも意見をしてくれる頼もしい騎士だ。お母様が護衛の隊長を任せただけある。アリアードのおじさまにも、うまく対応してくれるだろう。

「グレム。少し待ってもらえるだろうか」

グレムが歩き去ろうとした時、穏やかな声が呼び止めた。

私が慌てて振り返るのと同時に、グレムが姿勢を正して敬礼をする。書物を抱えたトゥル様は私の前で足を止め、少し首を傾げた。

「誰か、客が来たようだね」

「申し訳ありません。騒がしかったですか？」

「構わないよ。でも聞こえてしまってね。君は客を追い返そうとしているようだった。

違うかな？」

　まさしくその通りだ。でも、トゥル様が気にすることではない。そうお伝えするために、私はにっこりと笑ってみせた。

「来たのはアリアード子爵です。結婚式にも参列してくれた人ですが、私たちがここにいると知って、挨拶に来てくれたようです」

「アリアード子爵か。覚えているよ。華やかな赤い服を着ていた陽気な人だよね？　王宮でも何度か挨拶を受けたことがあった。確か、ブライトル伯爵の……義父上の従兄弟だと言っていたな」

　赤い服だったかどうか、私は覚えていない。

　お父様の従兄弟で陽気な人というのは合っているから、きっとそうだったのだろう。

「アリアード子爵と君は仲が良さそうに見えたよ。なぜ追い返そうとしたのかな？」

「おじさまは賑やかで楽しい人ですが、別荘に来たのは静かに過ごすためです。先触れなしでいきなり来ているからには、おじさまも断られることを覚悟しているはず。でもせっかく来ていただいたのですから、明日か明後日に、私がおじさまの屋敷にご挨拶に行こうと思っています」

　何でもないことのように、私はできるだけ軽い口調を心がける。

でもトゥル様は、困ったような顔をしてため息をついた。

「私のために、追い返そうとしていたんだね？」

「それは……今回はトゥル様のためにここに来たのですから、当然です。それにおじさまだけでなく、きっとおばさまもご一緒です。おばさままでいると、何倍も騒々しくなってしまいます」

「君に不都合がないのなら、客として迎えるべきではないかな？」

「でも、トゥル様にご迷惑をおかけするわけには……！」

「私のことを気にする必要はないよ。アリアード子爵は重要な親戚なのだろう？」

トゥル様の言葉は正しい。いつも状況を正確に分析して判断を下している。

でも私は、トゥル様を我が家の騒々しくて複雑な付き合いに巻き込みたくなかった。

呑気に笑っていただくために、ここに来たのに。

感情が昂《たかぶ》りそうになったけれど、手を握ってぐっと抑え込む。密かに息を吐き、いつも通りの顔でグレムを振り返った。

「アリアードのおじさまをお通しして。他の者たちにも、来客の準備をするように伝えてちょうだい」

「かしこまりました」

グレムは騎士らしい丁寧な礼をしてから去っていく。

その後ろ姿を見送った私は、ため息をついてから書棚へと向き直る。トゥル様はもう棚のところに戻っていて、取り出していた書物のほとんどを管理官に返しているところだった。

アリアード子爵の領地は、ブライトル伯爵領と接している。

昔から縁組を繰り返している親しい家の一つだ。騎獣の飼育が盛んで、お父様は血縁があるからという以上に、アリアード子爵家との繋がりを大切にしている。

そんなアリアードのおじさまは、やはり一人ではなかった。

トゥル様に深々と御辞儀をした乗馬服姿のおじさまは、私と目が合うと申し訳なさそうな顔になる。それからちらりと横に目をやりながら咳払いをした。

「あー、今日はね、殿下に私の妻を紹介したくて来たのだよ。いや、殿下が静かな環境を好む方だとは存じ上げているが、妻がどうしてもお会いしたいと騒いでしまってね。殿下が幼い頃にお会いしたことがあるし、しばらく控えるようにと言ったのだがね……」

「まあ、あなたったら、それでは私が厚かましい女のようではありませんか！　オルテンシア様、お久しぶりですね！　結婚式の日はちょうど娘の嫁ぎ先に滞在していましたの。急な結婚式だったとはいえ、欠席してしまって本当に失礼しましたわ。遅くなりましたけれど、結婚おめでとう！　こんなに素敵な殿下と結婚できるなんて幸せですね！」

ロディーナおばさまは私の手を握って、早口でまくし立てた。

私が言葉を挟む暇もない。背が高くて少し肉付きのいいおばさまは、おじさまと同じく乗馬服姿だった。

アリアード子爵領は、優雅な乗馬で往復できる距離ではない。馬で日帰りするには、早馬や伝令ほどではないにしろ、かなり馬を駆けさせる必要がある。

なのに、二人の服装に汚れは見当たらない。アリアード領は翼狼《ツバサオオカミ》の飼育が特に有名だから、今日も翼狼に乗ってきたのだろう。

（そういえば、トゥル様にアリアード領の翼狼のことはお話ししたかしら？）

おばさまと話をしながら、何気なくトゥル様に目を向けると、トゥル様はアリアードのおじさまと和やかに話をしているところだった。

アリアードのおじさまは王都にいることが多い人だ。トゥル様とも何度もお会いしていたようだし、共通の話題もあるかもしれない。ロディーナおばさまも、幼い頃のトゥル様を知っているらしい。きっときれいな子供だったに違いない。

もちろんトゥル様は、今もきれいな方だ。

顔立ちだけでなく、王都風の服を着て微笑みを浮かべている姿は、こんな辺境地区にいることが不思議なくらいに優雅だ。

でも、私は……なぜか急に違和感を覚えた。

お茶はトゥル様のお部屋によくお出しする銘柄で、カップも昨日私と一緒に飲んだものと同じ。

お茶に関しては、トゥル様は特に問題なく口にされた。

お菓子には手をつけていないけれど、私や両親のような慣れた人以外がいる場ではそういうものだから、いつも通りのはずだ。

おばさまは少し積極的すぎるくらいにトゥル様に話しかけ、トゥル様は丁寧に接しつつも、おばさまが不快に思わない程度に距離を保っている。こういうあしらいの上手さは、さすが王子殿下だと感心する。

帰り際に始まったおじさまの長い翼狼自慢にも、トゥル様は笑顔で付き合っていた。もっと身を乗り出して興味を示すかと思っていたのに、普通の反応の範囲に収まっているのは意外だ。

特別おかしなところはないのに、やはり気になる。私は何を気にしているのだろう。

しばらくわからないままだったけれど、翼狼に騎乗して飛び立ったおじさまたちをお見送りする頃になって、ようやく気が付いた。

トゥル様の表情が完璧すぎる。

アリアード子爵夫妻とその護衛たちが乗った翼狼を見送りながら、私はそっとトゥル様を見上げる。微笑みを浮かべていたトゥル様は、翼狼が見えなくなると小さく息を吐いたようだった。

「とても賑やかな人たちだったたね」

そう言ってトゥル様は微笑んだけれど、私が知っている微笑みと違っている。

「トゥル様」

屋敷の中へと戻ろうとするトゥル様に声をかけた。ゆっくりと振り返った顔は、やはりいつもより表情が薄い。

「その……翼狼は見慣れているのですか？」

「うん、王都ではよく使われているよ。混み合った路地にも対応できるからかな。でもアリアード子爵の翼狼は王都で見たものより毛並みが美しかったたし、あんなに近くで見たのは初めてだったたな」

翼狼の飛翔力はそれほど高くない。その代わりに森林で力を発揮する魔獣だ。そう考えると、小回りがきく翼狼は都市部向けなのかもしれない。

翼狼のことを語る目は、楽しそうに輝いた。

それでも、やはり今日のトゥル様はいつもと違う。ためらったけれど、私は思い切って聞くことにした。

「もしかして、トゥル様は疲れが出ているのではありませんか？」

「そんなことはないよ。どうしてかな？」

「お顔が硬いです。おじさまたちが騒々しすぎましたか？」

迷いながらそう聞くと、トゥル様は私をじっと見つめた。

まだ微笑みが残っているのに、青と緑が混ざった目は無表情だった。美しいけれど、心を表に出さない目だ。王族らしいと感じてしまう時はいつもこんな目になっている。

半年間、毎日お会いしてきたはずなのに、急に見知らぬ人のように見えて背筋が寒くなった。

トゥル様はゆっくりと瞬きをする。

再び開いた目は穏やかさが戻っていて、どこか困ったような顔になった。

「……いつも思うけれど、君はとても目敏いね」

「あ、申し訳ありません！」

「とがめたわけではないよ。ただ、君の前では表情を出しすぎていることを思い知らされる」

トゥル様はふうっと大きく息を吐き、私に腕を差し出した。

屋敷の中へ戻るためのエスコートのようだ。そっと手をかけると、トゥル様は私が負担にならない速さで歩いてくれた。

「……アリアード子爵の娘は、どこに嫁いでいるのかな」

「エベルド家です」

「ああ、西部地区の貴族だが、いつも王都にいるね。子爵の息子も王都に住んでいるのだろうか」

「そう聞きました。だからおじさまたちは、王都に滞在している期間がお父様より長いそうです」

「そうか。だから……アリアード子爵は王都の訛りで話すんだね」

聞き逃してしまいそうな、小さなつぶやきだ。私が見上げると、まっすぐに前を見ていたトゥル様が苦笑した。

「私は王都の訛りを聞くと、緊張してしまうらしい。情けない話だ」

「それは……」

どう答えればいいのか、わからない。

言われてみれば、アリアードのおじさまはこの辺りとは違う話し方をする。ロディーナおばさまもそうだ。ロディーナおばさまは王都育ちだと聞いているし、アリアード家の長男と学院在学中の三男も王都にいると聞いていたから、私はそういうものだと気にしなくなっていた。

でもトゥル様にとって、王都訛りの話し方は王宮時代を思い出してしまうものだったらしい。

せっかくおくつろぎいただいていたのに、申し訳ないことをした。次は、トゥル様に何を言われても絶対にお断りしよう。

そう反省しているのに、トゥル様の緊張はブライトルの屋敷ではそれなりにくつろいでいただいている証でもあるから……申し訳ないと思うのに、何だか嬉しいと思ってしまう。

「トゥル様」

私が声をかけると、トゥル様は私を見てくれた。

ロディーナおばさまに対する時とは違う柔らかな表情だ。でもほんの少しだけ、雨の日に見たやつれた顔に似ている。

だから、私に合わせてゆっくり歩いてくれる「夫」が喜んでくれそうな提案をすることにした。

「明日、火食い山羊の牧場を見にいきませんか？　馬でゆっくり向かうのに、ちょうどいい距離ですよ」

「いいね。それはとても楽しみだ」

トゥル様は私が期待した通りに目を輝かせてくれた。

◇

残念ながら、火食い山羊を見にいくことはできなかった。

翌日から雨が急に強くなって、護衛のグレムが外出はお勧めできないと言ってきたのだ。トゥル様は気の毒になるくらいにがっかりしていた。

でも、長く落ち込むこともなかった。雨が続いて三日が経つけれど、今日も書物庫から持ち出した書物を山のように積んで、読書に没頭しているから。

雨の音がかすかに聞こえる室内に、ぱらり、ぱらりと紙をめくる音がする。

トゥル様は学者のような速度で書物を読み、時々メモを取り、襟赤栗鼠がもたれかかっている水差しから水を飲む。

周囲の床では、アバゾルが黄色い体をゆらゆらと揺らしながらゆっくりと動いている。夜行性のはずなのに、トゥル様が近くにいると昼間でもよく動くということも最近わかってきた。

私はトゥル様と同じテーブルに座っている。

一昨日は近隣の集落からの嘆願書に目を通し、お父様まで回す必要のあるものを取り分けた。昨日は私の裁量の範囲で対応できるものについて判断を下し、銀鷲によって上空から集めた周辺地区の情報もまとめた。

別荘に集まる細々とした仕事が終わった今日は、あまり得意ではない刺《し》繍《しゅう》と格闘していた。トゥル様に辺境風の刺繍の入ったハンカチを差し上げたい。そんな野心があるから頑張ってしまう。

私に刺繍を勧めてくれたリンナは、もう次のハンカチも用意していた。ナジアもそれを止めず、刺繍糸を揃えているようだ。

そうやって時間を過ごす中で、トゥル様は時々顔を上げて私に話しかけてくる。

「少し聞いていいかな？」

トゥル様の質問は、いつもこの言葉で始まる。

王都周辺とは違う常識に首を傾げながら質問し、私は可能な範囲でお答えする。

私の答えで満足して書物に戻る時もあれば、別の方向に興味を掻《か》き立《た》てられて書物を閉じてしまう時もある。書物庫の管理官に詳しい書物を探してもらう時もあるし、私に何度も質問を重ねることもある。

私が同席しているのは、手軽に質問をしていただくためだ。

でも……トゥル様と一緒の空間にいる時間は、とても心地好い。

従兄弟たちのように騒がしくはなく、かと言って気詰まりするほど静かすぎもしない。目を上げると真剣な表情の横顔が見え、すっかりトゥル様に懐いた赤襟栗鼠が時々水差しの周りを歩いている。

ブライトルの本邸にいるときは、中庭や図書室にいるトゥル様を迎えに行った時に、軽く言葉を交わすだけだった。でもここでは、ほぼ一日中ご一緒している気がする。

本を読むのがとても速いことも、文字を書くときに時々ペンを指先でくるくると動かす癖があることも初めて知った。今も部屋は別で、寝室も別の生活が続いているけれど、何気ない習慣や癖を知ることができた。

この別荘は、トゥル様にとってはとても快適なようだ。

道中の警備には気を遣ったし、雨が降っているせいで思っていたことの半分もできていないけれど、ここに来てよかった。

トゥル様が穏やかな顔をしていると、私も嬉しくなる。胸が温かくなって、ずっとこの時間が続けばいいのにと考えてしまう。

明日も明後日も、一ヶ月後も一年後もこんな時間が続いたら……きっと幸せだ。

襟赤栗鼠が、くるりと尻尾を動かした。

私ははっと我に返り、勝手に将来を想像していたことが急に恥ずかしくなった。こっそり手で顔を扇《あお》いでいると、トゥル様が顔を上げた。また質問だろうか。

「何か気になることがありましたか？」

「いや、そうではないのだが……」

トゥル様は床に目を向けた。

アバゾルたちが、ゆっくりゆっくりと同じ方向へ移動している。少し雨が弱くなったから、太陽の光を感じて窓辺に向かっているようだ。

私もつられたように、その動きを目で追ってしまう。

「……ここはいいところだね」

独り言のようなつぶやきが聞こえた。

目を戻すと、トゥル様の視線は書物に戻っていた。でも私の視線に気付いたのか、顔を上げて柔らかく微笑んだ。

「私は、一生ここにいてもいいな」

「一生ですか？」

「銀鷲を見ているだけでも、退屈しないからね」

そんなに銀鷲が気に入ったのだろうか。

もちろん気に入ったのだろう。今でも見かけるたびに目を輝かせて足を止めてしまうから。トゥル様らしい。私はつい笑ってしまった。

――でも、私は愚かだった。

トゥル様の言葉の表面的な意味しか気付けなかった。

本当の意味を、私は後になって思い知ることになる。わかったつもりでいたけれど、トゥル様の覚悟を甘く見ていたのかもしれない。

第五章　晴れ間と暗雲

二週間降り続いた雨が止《や》み、久しぶりに薄青い空が広がった。

まだ地面はぬかるんでいるけれど、整備された道なら馬での移動は可能だ。護衛の騎士隊長グレムとも相談して、火食い山羊の牧場に向かうことにした。

日が高くなるにつれ、空はさらに明るさを増した。そんな空に、二頭の銀鷲が力強く舞い上がった。

巨大な翼が動くたびに、銀の粉のようなきらめきが広がっていく。じっと見上げていたトゥル様は、うっとりとため息をついた。

「あの翼粉《よくふん》は何度見ても不思議だね。大きさ以外は鳥そっくりなのに、まるで蝶の鱗《りん》粉《ぷん》のようだから」

銀鷲は魔獣だ。だから鳥に見えても鳥ではない。

その珍しさは私にも理解できるから、高度を上げる銀鷲を並んで見上げた。

ブライトル領では、古くから銀鷲を騎獣として利用している。極めて困難ながら、飼育方法も確立していた。

そんな長年の飼育の結果、銀鷲は鳥にそっくりではあるけれど、異界由来の種が偶然に鳥に似た、と言う説が有力だ。

お父様の弟であるガザレス叔父様から、幼い頃にそういう話をよく聞いていた。動物が異界に適応したのなら、襟赤栗鼠のように目の色と感受性以外は動物のままになるはずだ、と。

でも、それも一つの説でしかなく、魔獣についてはまだ謎が多い。

トゥル様は銀鷲のことを毎日のように観察している。辺境地区の外から来た人だから、もしかしたらガザレス叔父様が見落としていたことにも気が付くかもしれない。

(トゥル様なら、銀鷲をどんな存在だとお考えになるかしら)

そのうち聞いてみよう。

私はそっとトゥル様の横顔を見た。

トゥル様はまだ空を見上げていた。口元には微笑みがある。顔色もいい。時々目が動いているのは、翼粉の銀色のきらめきを追っているからだろう。

その翼粉が風に流れて見えなくなり、翼の裏側の青色もわからないほど小さくなって、ようやくトゥル様は空から手綱を引いた馬へと目を移した。

これから騎乗する馬は、お父様が所有する中でも最も美しくたくましい一頭だ。その首を撫でたトゥル様は、私の格好に気付いて目を丸くした。

「オルテンシアちゃんは、馬には乗らないんだね」

トゥル様は乗馬服を着ている。でも私は少しだけ動きやすい形の外出用の服ではあるけれど、基本はいつものドレスと同じで乗馬服ではない。

ずっと隣にいたのに、やっぱり今まで気付いていなかったようだ。予想はしていたけれど、ほんの少し寂しい。でも私はなんでもないことのように笑って見せた。

「私は乗馬は得意ではありませんので、馬車で失礼します」

「ああ、うん、それは構わないよ」

「いつもの馬車より小型ですが、内装や頑丈さは劣りません。帰りはトゥル様も乗っていただいても大丈夫ですよ。少し窮屈になりますが」

「では念のために、帰りの席を予約しておこうかな」

トゥル様は笑顔でそんな冗談を言って、私に軽く手を振って馬に向き直る。気を利かせた騎士が介助を申し出たけれど、それを笑顔で断って、ひらりと馬にまたがった。

騎乗するお姿はこれまで何度か見てきた。トゥル様は今日も全く危なげない。姿勢はごく自然で美しく、軽い手綱さばきで巧みに馬を操っている。

感心した警護の騎士たちが思わず話しかけて、トゥル様も彼らに明るい顔で応じている。安定した騎乗姿も、スラリとしているけれどしっかりした体型も、騎士たちの中に溶け込んでいた。

同時に、王都風の乗馬服を着こなす姿は颯爽《さっそう》としていて美しい。襟元には銀細工に擬態したカートルが誇らしそうに揺れている。一つに束ねた蜂蜜色の髪は、いつも以上に華やかに見えた。

つい目で追っていると、見送りに集まったメイドたちがひっそり騒がしくなった。

「お嬢様が見惚れてしまうお気持ち、よくわかるわ！」

「ええ、いつもおきれいな方だけど、一段と輝いて見えるんですもの」

「馬に乗った殿下は、いつもより二割り増しで素敵よね」

「あら、アバゾルと戯れるいつもの殿下も、可愛らしくていいと思うわよ」

若いメイドたちが、コソコソと、でも楽しそうに囁いている。

彼女たちの囁き声は決して小さくないから、牧場行きに同行するナジアには聞こえているはず。でもナジアは澄ました顔を続けているから、聞かなかったことにするのだろう。

私は人より耳がいいから、もちろん全部聞こえている。メイドたちの楽しそうな言葉に、賛同しそうになるのをぐっと我慢していた。

　乗馬服のトゥル様はとても凜々しくて、馬に語りかけるお顔はとても優しくて、騎士たちと話す姿は楽しそうで……でもアバゾルたちを観察するいつものトゥル様も、とてもトゥル様らしいと思うから。

　出発を待つ馬たちが焦《じ》れたように足踏みをする。

　その音に我に返った。私はまたトゥル様を見ていたようだ。恥ずかしくなってそっと頰に手を当てると、妙に熱くなっている。トゥル様に見惚れて緩んだ顔を隠したくて、必要以上に急いで馬車に乗り込んでしまった。

　一緒に乗り込んだナジアの横顔は、いつかのように笑いを堪えているようだった。


　騎士たちに先導され、私たちは牧場へと出発した。

　上空には銀鷲がゆったりと円を描くように飛んでいて、周囲を警戒している。先頭は騎士たちが務め、そのすぐ後にトゥル様が馬を進めていた。私が乗っている小型の馬車はその後を追う形だ。

　もしトゥル様が馬を駆けさせたくなったら、周囲の状況が許せば自由に走っていただくことになっている。騎士たちも気分良く警護をしてくれるだろう。

今日のように天気のいい日は、馬を走らせるときっと気持ちがいい。

幼い頃に馬に乗った時の記憶が蘇《よみがえ》る。

お父様やお母様の馬に乗せてもらったこともあったけれど、あの頃はお父様の弟であるガザレス叔父様に一番多く乗せてもらっていた。

「……あのままだったら、私も馬で出掛けることができたのかしら」

ふとつぶやいて、私は慌てて口を閉じた。

車輪が回る音に紛れて、向かいに座っているナジアには聞こえていなかったようだ。

私はごまかすために小さな窓から外を見た。

今日の馬車は小型なので、窓がいつもの馬車より小さくて、前にいるはずのトゥル様が見えにくい。かろうじて見えるトゥル様の馬の尾を目で追っていると、上空から甲高い音が聞こえた。

少し遅れて、周囲に強い風が巻き起こる。銀鷲が高度を落としてきたようだ。でも危険を知らせる笛の鳴らし方ではない。何か報告があるようだ。

すぐに、馬車の速度が緩やかに落ちていく。やがて完全に止まり、グレムが馬を降りるのが見えた。ナジアが扉を開けると、グレムは困惑したような顔をしていた。

この微妙な表情には見覚えがある。最近見たばかりだ。嫌な予感がする。

「アリアード子爵がブライトル領内に入っているようです。こちらに向かっているようですが、いかがいたしましょうか」

「……また、アリアードのおじさま？」

思わず口に出してしまったけれど、グレムも全く同じことを思っているようで、わずかに苦笑を浮かべた。

「この辺りは見通しがいい一本道ですから、まもなく遭遇します。回避しますか？」

今日は馬が中心だし、私の馬車も小型だ。脇道に外れていくこともできるだろう。でも相手はアリアード子爵。お父様の従兄弟だ。

「わざわざお見えになるのなら、おじさまは何かご用があるのかもしれないわ。お会いしましょう」

「仕方がありませんな。では、この先に少し開けた場所がありますので、そこでお迎えしてはいかがでしょうか」

「任せます」

「では、ご案内します」

グレムは再び騎乗して、部下たちに合図を送る。ナジアが扉を閉めると、馬車もゆっくりと動き出した。

馬車の中で少しだけ身支度を整えながら、私はトゥル様のお気持ちを思って、申し訳なさでため息をついてしまった。

再び止まった馬車から降りようとナジアが扉に手をかけた時、扉は外から開かれた。

華やかな金髪が、太陽の光を受けて輝いている。

トゥル様は私に手を差し出してくれた。

「お手をどうぞ」

「……ありがとうございます」

ゆっくりと降りながら、私はトゥル様に何と申し上げればいいかと悩む。

地面にしっかり足が着いて、騎士たちが用意した木陰の簡易椅子に向かいながら、エスコートしてくれるトゥル様をそっと見上げた。

「申し訳ありません。その、またアリアードのおじさまが……」

「構わないよ。翼狼をゆっくり鑑賞するいい機会だ」

「……本当に申し訳ありません」

それ以上の言葉が思いつかない。

身を縮めながらもう一度つぶやいた時、遠くからチリリンと涼やかな音が聞こえてきた。

翼狼だ。

他家の領内に入る騎獣は、友好的な訪問であることを示すために鈴などをつけることが多い。アリアードのおじさまの翼狼にも取り付けている。

空を飛翔しながらこちらに向かっているけれど、翼竜などに比べると速度は出ていない。翼狼の本領は地面を走る時なのだ。

はっきり見えてきた翼狼は、三頭だけのようだった。あの人数なら、今回はロディーナおばさまは来ていないだろう。それだけはよかった。

何となくため息をついたけれど、はっきり見え始めた翼狼の姿に、私は思わず歓声を上げてしまった。

「まあ、珍しい！　あの翼狼は黒金《くろきん》ですよ。とても希少で美しい毛並みの種です！」

漆黒の中に、まるでトゥル様の金髪のような金色の毛が混じった翼狼は、その美しさと俊敏さのために大変な高値で取引されている。それに、黒金種は忠誠を誓った主人にはとても忠実で、命を失ってでも主人を守ろうとするとも聞いている。

簡易椅子に腰掛けた私は、そういう説明をトゥル様にしようとして……トゥル様が翼狼を全く見ていないことに気付いた。

どうしたのだろう。

「トゥル様？」

「……オルテンシアちゃん。あの魔獣は君のペットかな？」

「え？」

トゥル様は私の背後を見ていた。

振り返ろうとした時、突然トゥル様が私の腕を引っ張った。体ごと抱え込まれるように引き寄せられる。直後に、ヒュン、と突風が吹いた。

いや、何かが飛んできた。

私がいた場所――私が直前まで座っていた簡易椅子の真上を通っていく。直後に、椅子が倒れながら砕けた。鋭い何かに切り裂かれたように四散する。

あのまま座っていたら、私は……。

ぞっとしながら、私の目は通り抜けたものを追う。

突風のような魔獣は、再び私たちへと向かってきた。でも、騎士たちが駆けつけるより早く、上空から急降下した銀鷲が鋭い爪で押さえつけた。

銀鷲の脚の下で、大型の犬くらいの大きさの魔獣が苦しそうに暴れている。姿は猪《いのしし》に似ていた。額をびっしりと覆っている角も、泡を吹いている口から見える牙も、とても鋭い。

「お嬢様、お怪我は⁉」

「大丈夫です。アリアードのおじさまはどうなりましたか？」

「翼狼が反応したようで、一旦離れていきました」

さらに何か言おうとしたグレムは、ハッとしたように剣を抜いた。

銀鷲は押さえていた魔獣の首を捩《ね》じ切《き》って絶命させ、新たに襲いかかってきた魔獣へと爪を向けた。やはり猪に似た魔獣は一瞬で捕えられ、別の二体も騎士たちに斬り伏せられる。

襲ってきた魔獣は五体のようだ。

しかし、私たちの一行は無防備な素人ではない。人数は少ないものの、第一級の防御力を確保している。そうでなければトゥル様を外出にお誘いしていない。騎士たちは淡々と対処していく。

上空のもう一頭の銀鷲に変化はないから、大規模な敵はいないようだ。

残りの魔獣は一頭。鋭い牙と鹿のような敏捷《びんしょう》さを持つ魔獣だ。それも銀鷲の爪で背を切り裂かれ、騎士たちに囲まれて悶絶《もんぜつ》している。絶命も近いだろう。

ほっとしかけた私の耳元で、チリーン、と小さな音がした。

金属が鳴り響くような音は護身用の魔獣カートルの鳴き声だ。警戒を促している。

私が身を硬くした時、すぐ近くで銀色の光が見えた。カートルではない。剣だ。そして鮮やかな金髪も揺れている。トゥル様が剣を抜いていた。

慌てて目を向けると、トゥル様は地面を見ていた。真っ二つに断ち切られたそれは、まだうねうねと動いている。

蛇のような形だ。

でも目はなく、尾は二股になっていて、八対の脚がついている。

「これは、毒持ちです！」

素早く観察した騎士が注意を促す。別の騎士が頭部を刺し貫くと、すぐにそれは動かなくなった。

カートルが、チリリ、と鳴いた。

今度は安全を告げる合図だ。

騎士たちはまだ剣を手にしていたけれど、トゥル様は剣を一振りしてから鞘《さや》に収めた。きれいな顔から表情が消えている。感情を含まない青色と緑色の間の目は、動かなくなった毒を持つ魔獣を見ていた。

「トゥル様、お怪我はありませんか？」

「私に問題はない」

そっと声をかけると、トゥル様は小さく頷いて、ふうっと息を吐いた。

それからやっと目を上げた。口元に微笑みのようなものが浮かんだけれど、完全な笑みにはならなかった。

「でも、君を巻き込んでしまったようだ」

「それは」

「最後の毒持ちは私を狙っていた。派手な陽動をしている隙に毒持ちが迫ってくるのは、暗殺者たちがよく使う手だ。君を狙ったのは陽動だったが、暗殺者は君を巻き込むことに躊躇《ちゅうちょ》はしなかった」

淡々と語るトゥル様は、皮肉げに唇を歪めた。

目に表情がないその笑みはあまりにも冷ややかで、騎士たちがおもわず息を呑んだのがわかる。私も一瞬、体が動かなくなった。

それでも、私は歯を食いしばって無理やりに動いた。トゥル様の冷たい手を両手で握り、やっと私を映してくれた青と緑の目をまっすぐに見上げた。

「私のことなら大丈夫です。ここは辺境地区。このくらいの魔獣の襲撃は珍しくありません。そのために私はカートルを身につけています。最初の一撃を耐えれば、護衛たちが全てを処理します。銀鷲が多数に囲まれないように警戒しています。万が一の時は、銀鷲たちが私とトゥル様を乗せて逃す算段になっています」

護衛の騎士たちがいる限り、私は死なない。護身用の魔獣たちも守ってくれる。

だから、この程度の襲撃はなんでもないことだ。

誰も怪我をせず、誰も命を落とすことがなかったのなら、何も起こらなかったのと変わらない。それが辺境地区の認識だ。

「私はブライトルの名を受け継ぐ女です。たかが魔獣六体の襲撃に怯えるほど、気弱ではありませんよ」

私ははっきりと言い切った。多少のはったりを含んでいようと、私の本心だ。

トゥル様は私が握っている自分の手を見た。砕けて地面に散らばっている簡易椅子を見た。斬り伏せられた魔獣たちの死体にも視線を向けていく。

トゥル様は、もう一方の手で私の頰に触れた。

椅子が砕かれた時に、土が飛び散っていたようだ。指先でざらりと拭い取られる感覚がある。それが二度、三度と場所を変えて繰り返され、トゥル様はきれいになった私の頰に手を添えた。

「こんな危険に遭っても、まだ私を『夫』として扱うつもりなのか?」

「もちろんです。ブライトルはこの程度の脅しに屈することはありません。最低でも三年間、私がトゥル様をお守りします」

　そう強気に言って、私は笑った。

　うまく笑えたかどうかはわからない。それでも私は笑う。トゥル様に少しでも安心していただきたいから。

「それとも、襲撃されても平然としている女はお嫌いですか？」

「……嫌いではないな。むしろ、とても頼もしい」

　私を見つめていたトゥル様がようやく微笑んだ。

　表情のない笑顔ではなく、苦々しげでもない。私が知っている優しい微笑みには遠いけれど、穏やかさがほんの少しだけ戻っていた。

　よかった。いつものトゥル様だ。

　私はほっとした。ほっとし過ぎて、すっかり気が緩んでしまったようだ。

　私を見つめていたトゥル様は、なんだか困ったような顔をした。

「……君は、もう少し気を付けた方がいいだろうね」

「え？　何のことでしょうか」

「君のその顔は、とても慕われていると誤解してしまいそうだ。不幸な男を作らないように、気を付けるべきだと思うよ」

乱れた私の髪を優しく撫で付けながら囁く。

私はどんな顔をしているのだろう。そんなに無防備な顔になっているのだろうか。

ぼんやりとそう考えて、ハッと気付いてまだ握ったままだった手を離した。

トゥル様はもう一度微笑んで、私から離れる。

怯えて逃げた馬を迎えにいくようだ。騎士も急いで同行する。その姿を見送りながら、私は両手で自分の頬に触れた。どんな顔をしていたのかもうわからないけれど、トゥル様の言葉のせいで顔に熱が集まってくる。

「……ねえ、グレム。私、そんなにおかしな顔をしていたのかしら」

「まあ、何というか、可愛らしいお顔ではありました」

グレムは目を逸らしながら咳払いをした。任務中らしく真剣な表情をしているけれど、笑いを堪えるように口元がわずかに歪んでいる。

どうしよう。次期領主らしくない顔になっていたらしい。私の頬はますます熱くなってしまった。

「私は、その、トゥル様をお守りしたいだけなの」

「もちろん、我らは理解しております」

「何があっても絶対に揺るがないと、信じていただきたかったの」

「十分に伝わっていると思いますよ」

「……気が抜ける前の私は、ちゃんと笑えていたかしら」

グレムはすぐには答えなかった。真顔になり、姿勢を正し、お父様に対するように恭しい敬礼をした。

「ご立派でいらっしゃいました」

「ありがとう」

私は両手を下ろした。

顔はまだ熱い。でも激しく動いていた心臓は、今はひたりと静かになっている。

トゥル様が馬を引いて戻っていた。馬に怪我はなさそうだ。少し興奮しているようだったけれど、トゥル様に話しかけられているうちに落ち着いてきている。

地上で警戒を続けていた銀鷲が、再び飛び立った。

翼を動かすと周囲に強い風が起こり、銀粉があたり一面に広がる。トゥル様が近くに流れてきた翼粉を捕まえようと手を伸ばした。硬かった顔が少し和らいでいる。

その横顔を見ていると、私を振り返って少し照れ臭そうな表情になった。

「こういうことは、子供っぽいかな？」

「翼粉に毒はありませんから、存分にどうぞ」

トゥル様は少し目を逸らしながら咳払いをして、改めてまた手を伸ばした。銀色の翼粉が、ふわりと揺れながら手のひらに載る。

「きれいだね」

トゥル様はそっとつぶやいた。いつものトゥル様だ。

でも翼粉を載せている手は少し前まで剣を握っていて、向かってきた毒持ちを自ら斬った。私の前では見せたことのなかったあの冷徹な姿も、間違いなくトゥル様なのだ。

私は背筋を伸ばし、少し大袈裟《おおげさ》な笑顔を作った。

「大変に申し訳ありませんが、別荘に戻らなければいけません。火食い山羊の牧場はまたの機会に参りましょう」

「……うん。そうだね。いつか、また機会があるかもしれないね」

「必ず機会はあります。必ずご案内します。その日を楽しみにしてください！」

「オルテンシアちゃんがそう言ってくれるのなら、楽しみにしていようかな」

トゥル様は柔らかく微笑んだ。

その青と緑を混ぜた目は、銀鷺の翼粉を見ていた時と似ている気がする。「いつか」なんて来ないかもしれないと思いながら、でも完全に諦めた表情ではない。私たちの覚悟は信じてくれている。

トゥル様には、そんな優しさと強さがある。

辺境の生き物たちを受け入れる柔軟さも、恐怖を隠し通してしまう意志の強さも、自らの命を守る剣の腕も。穏やかに微笑んでくれる優しさとの落差に酔うからだろうか。いろいろな強さを知るたびに、私の心は大きく揺れて引き寄せられる。気が付くとトゥル様ばかりを見てしまう。

もう自分をごまかせない。……私はトゥル様が好き。

一方で、頭は別のことを考えて冷えていった。

私はトゥル様に嘘をついた。銀鷲たちが私を背に乗せることはない。私は翼あるものたちに嫌われている。空を飛ぶものたちは私に触れることをとても嫌う。

私が異形だから。

従兄弟たちは悪くない選択だと言ってくれた。私の秘密を知った兵士たちは「さすが次期領主様だ」と尊敬の目を向けてくれる。

でも、トゥル様はきっと違う。

トゥル様は王都の人だ。辺境地区とは違う常識の中で生きてきた。そんなトゥル様が私の秘密を知ったら……どう思うだろう。

私たちの結婚は契約でお守りしているだけの関係でしかない。今まで異形となった自分の選択を後悔したことはないし、特に秘密にするつもりもなかった。

なのに、今はトゥル様に知られることを恐れている。

トゥル様に嫌われたくない。

——初めて怖くなった。

◇

魔獣の襲撃があった後、私たちはすぐに別荘に引き返した。アリアードのおじさまも、さすがに文句は言わなかった。

翌日、また降り出した雨の中を伯爵家本邸へと戻ることにした。道中の護衛を増やし、上空の銀鷲は四頭に増やしてより広い範囲を警戒する。

トゥル様は、帰りも馬車に乗ることになった。万が一の時には利用できるように、馬車のすぐそばに空馬を並走させている。

馬車の中は静かだった。

トゥル様が無言だからだ。ずっと窓から外を見ていた。

でも機嫌が悪いわけではない。時々上を向いて上空の銀鷲を見ている。膝の上には、アバゾルの詰まったカゴが載っていた。

「……そのカゴ、私がお持ちしましょうか」

思わずそう声をかけると、トゥル様は無意識のうちに撫でていたアバゾルに目を落とし、苦笑をした。

「いや、これは私が持っておくよ。負担にはならないし……和むからね」

「それならいいのですが」

和むからと言われると、それ以上は言いにくい。でも和むためなら、もっと可愛らしい外見の動物の方がいいのではないかと思ってしまう。

アバゾルは掃除には有用だけれど、護身用としては全く役に立たない。カートルを一匹お渡ししているとは言え、さらに何か、護衛にも癒《いや》しにもなる魔獣をおそばに置くべきだ。

「トゥル様は、どのような動物がお好きですか？」

「動物？」

「護身用の魔獣をご用意することを考えていますが、お好みを聞いておこうと思いまして。襟赤栗鼠については、今、手配中です。他に何か……翼狼のように忠誠心が強くて騎獣にもなるものとか、氷嶺山猫《ヒョウレイヤマネコ》のように小型化していつもおそばに置けるものとか、他には蛇類も大きさを変えたりするものがいたはずですが、見栄えの問題で忌避する人もいるし……」

「待って。オルテンシアちゃん、ちょっと待ってくれるかな」

だんだん独り言になりかけていた私に、トゥル様が口を挟んだ。

青と緑を含んだ目は穏やかだったけれど、少し身を乗り出して首を傾げている。

「今、聞いたことがない名前があった気がしたのだけれど」

「そうでしたか？」

「確か、ヤマネコと言ったよね？」

「あ、そうですね。まだお見せしたことがありませんでした。魔の森にある山地に生息している魔獣です。お母様の実家で飼っているので、近いうちにお見せできると思いますが、見た目は普通の猫のように見えるはずです」

普通の猫、という基準がよくわからないけれど、王都土産の絵の中に、膝に猫を乗せた女性の絵があった。

だから、きっと大きさは膝に乗るくらい、と言う認識で間違っていないはず。

「本来の姿はかなり大きくて、成長すれば馬より大きくなります。でも人間のそばにいる間は、普通の猫くらいの大きさになることを好みます。滅多に人に慣れないので騎獣としては使われていませんが、信頼関係ができれば人を乗せることもあると言われています」

「大きさが変わる猫か。つまり、魔力が強いのかな?」

「とても強いです。野性の翼竜たちも、氷嶺山猫には絶対に手出しをしないと言われています」

「それは……かなりのものだね。そんな魔獣が、なぜ王都では全く知られていないんだろう」

「個体としては、本当にとても強い魔獣ですが、人間の目につくことがまず少ないんです。その上、人に心を許さない誇り高い魔獣です。相性の問題もあります」

トゥル様なら相性の問題はないだろう。そして見た目は美しく魅惑的な猫だ。

いいかもしれない。

紫を帯びた白い毛並みも、トゥル様の金髪ときっと相性がいい。

蛇は暗殺用の魔獣と似ているから、こっそり候補から外しておこう。蛇系は比較的入手しやすい。もしトゥル様が蛇をご希望なら、その時に急いで手配すればいい。

そんなことを考えていると、馬車の中が急に暗くなった。

窓から外を見ると、周囲に大きな影が落ちていた。でも誰も慌てていない。馬車に馬を並走させていたグレムが、馬車をコツコツと叩いた。

メイドのナジアが同乗しているけれど、私は自分で窓を開けた。

窓を開けると、途端に強い風が雨粒と共に吹き込んできた。独特な草の匂いもする。お母様が率いる翼竜隊の匂いだ。

「お嬢様。翼竜隊の出迎えが来ました。銀鷲隊の半数が撤収します」

グレムの報告に私は頷く。それからずっと気になっていたことを思い出して、少し身を乗り出した。

「私は結婚したから、もう『お嬢様』は卒業しているわよ」

「ああ、そうでした。でも我らにとっては、お嬢様は結婚なさっても、老婆になってもお嬢様ですよ！」

グレムはそう言って笑い、離れていった。

その間にも、周囲の影がさらに増えていく。かなりの数の翼竜が上空を飛んでいるようだ。

振り返ると、トゥル様が反対側の窓から空を眺めていた。別荘を出た時と比べると、表情が少し柔らかくなった気がする。生物に対する好奇心も戻ってきたようだ。

そのことに、ほっとする。

でもこれからお父様たちに報告をしなければならない。私は密かに気持ちを引き締めた。

襲撃については、すでに報告が上がっている。

でもお父様は、屋敷に戻った私に改めて状況を説明することを求めた。

「騎士の視点ではなく、お前が気付いたことを教えてほしい」

だから、私は全てを話した。

あの時の状況、天候、私が見上げた時の銀鷲の位置、魔獣の出現の仕方、それからトゥル様のことも。

トゥル様が毒持ちの魔獣を斬り捨てたことを聞き、お母様が眉を動かした。

「騎士たちは殿下が剣を振るうところは見ていないようで、半信半疑でした。でも、シアが見たのなら、あの方はかなりの腕をお持ちなのですね」

「しかも、襲撃者に慣れている。毒持ちを前にして、的確に斬り捨てるのはなかなか難しいものだぞ」

お父様も感心したように頷く。でも首を傾げた。

「だが殿下は、お前のペットか、と本当におっしゃったのか？」

「斬っていいか、という確認だったのでしょう」

「ああ、そういうことか。ということは、あの方は毒持ち以外も斬るおつもりだったのか。美しいお顔でどれだけ豪胆なのやら」

お父様とお母様が顔を見合わせて、苦笑している。でもすぐに真顔になり、お母様が私に紙を手渡した。

日付と場所と、簡単な説明文。一見単純な事項がずらりと紙いっぱいに並んでいる。

これは何だろう。

そう思いながら目を通していくうちに背筋がひやりとした。同時に怒りが湧き上がる。

「……こんなに暗殺者が入っていたのですか」

王都でのトゥル様はずっと命を狙われていた。だからこの辺境の地に引きこもることで、王妃様の憎悪が少しは薄れることを願っていた。

でも、大掛かりな襲撃が起こってしまった。お父様たちが未然に防いできたものも、これだけあった。

「一つ一つは大したものではない。殿下狙いの暗殺者とは思わず、ただの他領からのスパイと思っていたものも多かったくらいだ。だが、いくつかは連動していた。全く無縁と思っていたものも、連動した作戦の一つだったのではないかと疑うべき事例がある。まあ、我らを甘く見ていたのか、辺境地区の実態に疎いのか、計画が粗雑なものが多かったがな」

そう語るお父様は、表面上は淡々としている。でもどこか不機嫌そうだ。

ブライトル領は辺境地区にある。王都から見れば田舎だ。文化的にも遅れた野蛮人、と下に見られていることもあると聞く。

実際に、そういう面があることは否定しない。

私は辺境地区しか知らないし、王都との違いもよくわかっていない。

でも、ブライトル領は何も考えない人間が治めていける場所ではない。あらゆることに目を配り、些細な変化から予兆を読み解き、慎重に行動することも必要だ。

魔獣と戦うことだけが辺境領主の役割ではない。だから、豪快な辺境の男に見えて、お父様は思慮深い。必要となれば命知らずの猛者たちすら尻込みする苛烈さを示すお母様は、いつもは慎重で冷静だ。

私はこの二人の跡を継ぐ。翼竜に乗ることができない私は、戦いの場に立つことはない。自ら先頭に立つ苛烈さもない。だから、あらゆることを見極める術《すべ》を身につけなければいけない。冷静さを保ちながら、冷酷にもならなければいけない。状況を読み解き、判断をしなければ。

でも先のことを思い悩むより、今はトゥル様をお守りすることが最優先だ。

「こういう状況だ。しばらく殿下には外出を控えていただかねばならないだろうな」

「そうですね。トゥル様には私からお伝えします」

「腹立たしいが、どこに何が入り込んでいるか、まだ全貌は見えていない。屋敷への来客を全て禁じることも難しい。殿下からは遠ざけるようにするから、オルテンシアはよく見ていてほしい」

「わかりました」

「お前以外の全てを疑っておくのだぞ。メイドたちも我が軍の騎士も、腹の中がわからないアリアード子爵もロディーナ夫人も、必要なら、私とエリカもだ!」

「……お父様とお母様を疑うのは難しいです」

「まあ、気持ちの問題だな」

お父様は厳しい顔を崩して、にやりと笑った。

その顔を見て、私はいつの間にか肩に力を入れすぎていたことに気が付いた。

必要以上に気負っていては、見えるべきものも見えなくなる。お父様はそれがわかっているから、あんな言い方をしたのだ。

退室しようとした時、背後からため息が聞こえた。

「オルテンシア。お前に改めて聞いておきたい」

振り返ると、笑いを消したお父様が私をじっと見ていた。冷静な目をしているのに、渋い顔をしていた。

領主としての顔と、父親としての顔が入り混じっている。どうしたのだろう。

お父様はもう一度深いため息をつき、ゆっくりと立ち上がった。

「我らは、トゥライビス殿下を守り続けていいのだな？」

「はい。もちろんです」

なぜそんな当然のことを聞くか。

私が首を傾げると、お父様は言いにくそうに目を逸らして顎を撫でた。

「あの方を守るだけなら別の方法もある。だがお前は、今のまま、トゥライビス殿下をお守りしていきたいのだな？」

「今のまま？」

お父様の言葉に引っ掛かりを覚えた。何を言おうとしているのだろう。何かの隠喩？　そう考えていて、突然、悟った。

今のままではない守り方というのは、どこかに幽閉することだ。

もっと警備が厳重で、外部からなにものも入り込めない場所に移っていただけばいい。国王陛下から依頼された三年間など、そこで息を潜めていただく間に簡単に過ぎる。

トゥル様なら、どんな状況でも楽しみを見出《みいだ》すかもしれない。

でも私はそんなことは望まない。

そんな場所では、埃だけを食べるアバゾルは元気を失ってしまう。自由に飛んできてすぐに姿を消す虫もいない。鳥たちを観察することもできないし、アマレの白い花を見ることもない。

そんな状況にいるトゥル様なんて、私は絶対に想像したくなかった。

「トゥル様には、今のまま、穏やかに過ごしていただきたいです」

警備に人手を割かれても。侵入しようとする暗殺者に頭を悩ませても。トゥル様が楽しく笑っていてくれるなら、巻き込まれることなんて、今の私にとってはたいしたことではない。

「そうか。わかった。お前がそう望むなら、我らも覚悟を決めよう」

お父様はしっかりと頷いてくれた。

◇

それからしばらく、天候は安定しなかった。

雨が続いたと思ったら、晴れる。やっと晴れた日が続くようになるのかと思ったら、また雨になる。その繰り返しだ。

これが辺境地区の例年通りの天候で、トゥル様の生活も天候次第だ。

晴れた日は屋敷の敷地内を散策する。雨の日は自室にこもる。別荘にいた間はお部屋から出ている時間が長かったのに、また以前と同じになってしまった。やはりトゥル様は警備状況を正確に把握しているようだ。

特に不満を漏らすことはないけれど、新たな観察ができなければ退屈してしまうかもしれない。そう心配になったので、お母様に相談してみた。

少し考えていたお母様は、執務室から古い記録を持って来てくれた。品種改良用の資料だそうで、ロムラという木の観察記録だった。種から育つ様子が、緻密で的確なスケッチとともに記されている。

この屋敷ではロムラは生垣として利用されていて、トゥル様は時々足を止めて生垣を眺めていた。この観察記録にもきっと興味を持っていただけるだろう。

早速、私はその記録を持ってトゥル様のお部屋を訪問した。

と言っても、記録を抱えているのはメイドのナジアだ。私は手の筋力も一定ではないから役立たずだ。

扉をノックすると、以前のようにトゥル様が直接扉を開けて、お茶まで用意してくれた。今は朱穂茶《しゅほちゃ》がお気に入りのようだ。

炒《い》った麦に似た香りが広がる中、記録をお見せする。ぱらりと開いたトゥル様は目を輝かせた。

「ロムラか。普通の生垣に見えるのに、何かが違うようで気になっていたんだよ。……ああ、なるほど。あの新芽に見えたものは花だったんだ」

そうつぶやいている間も、手はどんどんページをめくっていく。何度見ても読むのが速い。堪能《たんのう》していただいているようで、私まで満足感に浸ってしまう。

いい気分でお茶を飲もうとして、テーブルの端で開いたまま置かれている図鑑が以前見たものと違うことに気が付いた。

緻密な絵と丁寧な説明文があるのは同じだけれど、色がない。それに植物ではなく動物が載っている。その横にあるのは虫の巻のようだ。

「これは彩色していない写本だよ。見ていいよ」

「ありがとうございます！」

トゥル様はすぐに気付いて、私の前に図鑑を移してくれた。

この図鑑を見る限り、犬は王都でも犬で、猫も同じ猫のようだ。でも王都近辺の子鹿は背中に青い斑点を持っていないらしい。昔、お祖母様の部屋で見た子鹿の毛皮は白い斑点だった。あれは古くなって青い色が抜けたからではなかったのだ。

しばらく細かな説明文を読んでいた私は、ふと思い立って昆虫の巻を開いた。小さな昆虫のページを探しながら顔を上げると、向かいに座るトゥル様は、本を見ながら何かを書いていた。走り書きなのに、柔らかくてきれいな文字だ。

お父様の走り書きはもっと線が太く、お母様の走り書きは読み解くのが難しい。でもトゥル様の文字は、後から誰が見てもわかりやすそうだ。簡単な絵も描いている。

つい見惚れそうになって、私は無理やりに図鑑に目を戻した。

「……あの、お聞きしたいのですが」

「ん、何かな？」

「私が羽虫と思っているのはこういう虫ですが、トゥル様が時々見かけるという羽虫も同じですか？」

「ああ、覚えていてくれたんだね」

手を止めたトゥル様は、嬉しそうな顔をした。立ち上がって、テーブルをぐるりと回って私の後ろに来る。

どうしたのだろう。

そう首を傾げかけた時、トゥル様は私の肩越しに手を伸ばして図鑑をめくった。

「羽虫と言っても、こういう虫とは違うんだ。大きさはこの蜜蜂くらいなんだけど、明るい日に見た時には、翅《はね》の形が虫っぽく見えなかった。形が蝙蝠《コウモリ》に似ていたから魔獣だったのかもしれない。……あ、蝙蝠というのはこの動物だよ。こういう翼を持つ魔獣は知っている？」

背後からトゥル様が図鑑をめくって指差す。絵をよく見るために屈んだのか、私の首筋に緩やかに波打つ金髪が触れた。

トゥル様の顔がとても近い。穏やかな声は耳元で聞こえる。……トゥル様はいつもこんなに近かっただろうか。警戒心を解いてくれただけだとわかっているのに、なんだか声まで甘く聞こえて一人でドキドキしてしまう。こんな恋心はきっとトゥル様に迷惑だ。何とか気をそらそうと、私は慌てて図鑑の絵に集中した。

「……この絵を見る限り、私が知っている蝙蝠と形は同じようです。翼竜の翼に似ているのではありませんか？」

「似ているかもしれないな。でも、翼竜の翼とも違う気がする。何が違うか、近くで見たことがないからよくわからないんだけれどね……」

そうつぶやいて、トゥル様はため息をついたようだ。吐息をすぐ近くに感じた。どうしよう。緊張して頭の中が真っ白になってくる。でもなんとか鈍った思考を引き戻して、トゥル様の言葉をもう一度よく思い出してみた。

トゥル様は翼竜を近くで見たことがないらしい。

ならば私にできることがある。

でもそれは、私の秘密にも大きく近付いてしまう。トゥル様に気付かれるかもしれない。そう考えたとたんに、水を浴びたように心が冷えて不安が湧きあがった。

これはトゥル様のため。お力になれることなのだ。提案を口にする前に落ち着こうと、私は無理やりにゆっくりと深呼吸をした。

「……翼竜を近くで見てみませんか？」

できるだけ自然に笑ってみせたけれど、心臓の動きは抑えられなかった。

大丈夫だ。トゥル様をお連れする時は、私は離れたところにいればいい。そうすれば翼竜に嫌われていることは気付かれない。翼竜が怖いと言っておけば、そういうものだろうと思ってもらえるはず。だから大丈夫。ためらってはいけない。

「トゥル様には、まだ翼竜をお見せしていませんでした。この機会に見に行きませんか？　きっと参考になると思いますよ」

「それは、見てみたいが……」

覚悟を決めて誘ってみたのに、トゥル様は迷うように口ごもり、ため息をついた。どうしたのだろう。

「翼竜はブライトルの軍事機密なのに、いいのかな。それに……私はあまり出歩くべきではないと思う」

柔らかな声だった。

でも密かに緊張していた私は、すっと冷静になった。

やはりトゥル様は、お父様たちがどういう対応をとっているかに気付いている。自分のせいで私まで襲われたことを悔いている。

状況を正確に把握することは大切なことだ。それでも、私はトゥル様に諦めてもらいたくはない。

遠慮なんてしないで、もっとわがままを言ってくれればいいのに。辺境領主ブライトルの武力と胆力の限界を試したとしても、トゥル様なら許される。私はきっと許してしまう。

私は思い切って振り返った。

予想していたより近くにトゥル様の顔があった。静かな顔はどこか寂しそうだ。急に振り返った私に驚いたのか、トゥル様の目は少しだけ大きくなっていた。

「翼竜隊の拠点は敷地の外にありますが、この屋敷の見張り塔にも翼竜が常駐しています。警備が行き届いた屋内の道を通るので危険は少ないです。それに機密といっても、子供の遊び場所になる程度です」

「……可能なら見てみたいな。翼竜は重要な軍事力で、私は近付くことが許されていなかったから」

「我が家の翼竜は美しいですよ。雨が止んだら見に行きましょう！」

「それは楽しみだ」

トゥル様は笑ってくれた。

明るい表情になった顔が、吐息がかかりそうなくらいにすぐ近くにある。

最近、トゥル様の距離が近い。深い意味はないと自分に言い聞かせても、一度好きだと自覚してしまった心臓は少しも落ち着いてくれない。相手が従兄弟たちなら何とも思わないのに。

「あ、あの、お母様は屋敷にいるはずなので、打ち合わせをしてきます」

「うん」

トゥル様が頷いた。

でも、動いてくれない。

「……だから、その、近すぎて動けません」

「あ、ごめん」

トゥル様は慌てたように離れた。

背中が急に寒くなった気がした。それを振り払うように立ち上がり、私はトゥル様の部屋を出た。

◇

トゥル様に翼竜をお見せする計画は、お母様も賛成してくれた。

天候を見ながら警備状況を整えて、当日はお母様が護衛を兼ねて案内してくれることになった。

予想通りにとてもよく晴れたその日、でも急な来客のために見張り塔へ行く予定は延期になってしまった。

来客はアリアード子爵。

トゥル様の護衛用に相談していた魔獣について、何種か候補を見繕ってくれたらしい。私も同席するようにと、お母様から呼ばれた。

でも、アリアードのおじさまが笑顔で書類を広げている部屋に、トゥル様はいない。どうするかは私の判断に任せると言われているから、トゥル様にはお知らせしなかった。

お父様に「全てを疑え」と言われる前から、おじさまの王都訛りのおしゃべりはトゥル様に聞かせないようにしようと決めている。

トゥル様と会えないとわかると、おじさまはあからさまにがっかりした。

「先日はゆっくりお会いできなかったから、今日こそと思っていたのに。残念だよ」

「申し訳ございません。殿下は体調を崩していらっしゃいます」

もちろん、体調云々は嘘だ。

今朝もトゥル様の食欲は旺盛で、顔色も良く、襟元の装飾品に紛れたカートルは誇らしそうに揺れていた。

しばらく大袈裟な仕草で悲しんでいたアリアード子爵は、やがて笑顔に戻ってテーブルに並べていた書類を私に示した。

「それで、殿下の護衛獣のことだけどね。ちょうど翼狼の子供が生まれたところで、今なら殿下のお好みのものを選べると思うよ。黒金種同士の間に生まれた純血の子供が三頭、赤毛種と白毛種の交雑種も昨日四頭生まれた。もちろんお勧めは黒金種だが、黒金種は成長が遅くてね。その点、交雑種はすぐに大きくなるし、とても丈夫だよ」

アリアードのおじさまの話によると、交雑種は特性の出方に個体差があるようだ。

赤毛種の血が強ければ体が大きくなりやすい反面、気性が荒いことが多い。白毛種の血が強ければ主人に従順でおとなしいことが多いけれど、体が小さめで男性用の騎獣には向かないことが多いのだとか。その他にも、黒毛種や藍毛種の子供も近いうちに生まれるらしい。

翼狼は多様な魔獣とは知っていたけれど、改めて話を聞くと本当に多様だ。

お母様はまずは黒金種を一頭、場合によってはさらに複数頭を選ぶ可能性を伝えた。

アリアード子爵家が飼育する翼狼は、人間との生活に最も適した魔獣と言われている。ただし、とても高価だ。アリアード家とは長い付き合いがあるとはいえ、翼狼の対価は莫大なものになるだろう。

アリアードのおじさまは、お母様の希望に満足そうだった。

お母様は、自分用のドレスや宝石には興味を示さないけれど、警備に必要なものについては対価の支払いを惜しまない。必要と思ったものに対しては、特に豪快だ。あとでお父様が青ざめなければいいけれど。

一方で、私は生まれたばかりという翼狼の幼体たちのことが気になっていた。

翼狼はその名の通り、翼がある以外は狼や犬とよく似た姿をしている。幼体も子犬と同じようにかわいいし、ころころとよく遊ぶ。

トゥル様にも、そのうち幼体をお見せしたい。何か手はないだろうか。

(アリアード領へ行くとなると、トゥル様の警護をもっと厳重にしなければいけないわ。そう考えると……しばらくは諦めるしかないかしら)

残念だけれど、翼狼の幼体はまた生まれる。今年が無理でも、来年お見せすればいい。それが駄目だったとしても、その次の年がある。

諦めなければ、いつか必ず叶うはずだ。

トゥル様は、子犬はお好きだろうか。

もし犬がお好きでなくても、魔獣の幼体なら興味を持ってくれるような気がする。

何頭もの翼狼の幼体を抱えたトゥル様を想像してみた。きっと楽しそうに笑ってくれる。幼体たちの小さな翼にも目を輝かせるだろう。

まだまだ帰りそうもないおじさまのおしゃべりを聞き流しながら、私はこっそり楽しい気分になっていた。

◇

夕方になって、やっとアリアード子爵が帰っていった。

すっかり遅くなった。何となくそうなる予感はしていたけれど、見張り塔へ行く日を変更しておいてよかった。

そう思っていたのに、翌日は予想に反して雨がまた降り始めてしまった。

見張り塔までは濡れることなく行ける。でも翼竜が待機している塔の屋上部に屋根はない。荒れた天候の日は、地上より風が強くなって危険だ。

このまま雨が続くようなら、見張り塔行きはしばらく延期しなければならない。私は気を揉んでいたけれど、そんな私を見たトゥル様は「いつかは晴れるだろう？」とのんびりと笑う。

雨の日でもくつろいでいるようで嬉しい。でも……また気を遣わせてしまった。

幸いなことに、私が密かに落ち込んでいる間に雨は弱まって、二日後の日の出の頃には完全に上がってくれた。

太陽が高くなった今は、ほんのりと青い空が広がっている。風も強くはない。

絶好の散歩日和だ。

一通りの警備の確認の後、お母様はトゥル様を見張り塔へとご案内した。

「この塔は、屋敷の中で最も古い建造物の一つです。何かあったときのために、領主の部屋から直接この塔につながる秘密の通路が作られています。シアの部屋からもつながっていますが、秘密の通路についてはそのうちお教えしましょう」

「興味深い話だが、そういうのは、私は聞かない方がいいのではないかな？」

「殿下にならお教えしても問題ないと考えています。あとは殿下のお心次第かと」

「……私ではなく、オルテンシアちゃんの心次第だと思うよ。ブライトル伯爵夫人」

「我らは、殿下のお覚悟を知りたいのです」

前を歩くお母様とトゥル様が、何やら話をしている。

私にはその内容を気にする余裕はなかった。見張り塔はとても高い。翼竜がいる屋上部へ行くためには、長い階段を上り続けなければいけない。

毎日のように上り降りするお母様はもちろん平然としているし、優雅な貴公子にしか見えないトゥル様も息を乱さずに上っている。

でも私は二人に遅れながら、一段一段、やっと進んでいる状態だ。

（……やっぱり、私は下で待っていればよかったかしら）

本当はそうするべきだったと思う。

長い階段を見上げた時も、そう思った。

でも私は、トゥル様と一緒に行きたかった。うまくバランスが取れないこの体のことを無視して、塔の上に行きたかった。トゥル様が翼竜を見る時の目の輝きを、興奮したような質問を、すぐそばで見て、聞きたかったから。

愚かなことをしていると思う。

私がいなければ、お母様とトゥル様はとっくに頂上まで着いていただろう。ここで待つと、今からでも言うべきだ。

そんなことを考えているのに、私は息を切らせてまた一段上る。

ふと顔を上げると、足を止めたトゥル様が心配そうに振り返っていた。

「オルテンシアちゃん。少し休もうか？」

「……大丈夫です。でも時間がかかりそうなので、トゥル様は先に行ってください」

「君を待つよ。私は急いでいないし、ゆっくり話を聞きながら進むのは楽しい。それでいいだろうか、ブライトル伯爵夫人？」

「問題ありません。今日の仕事は人に任せていますから、時間はあります」

……誰に任せたのだろう。

お母様の性格なら副官ではない気がする。きっとお父様だ。

押し付けられた時のお父様の顔を想像して、思わず笑ってしまった。お父様はお母様のことが昔からずっと大好きで、お母様に頼まれると断れないのだ。

笑ったおかげか、体のきつさが少し和らいだ。ついでに深呼吸をする。

（大丈夫。もう少し頑張れる）

そう思った時、トゥル様が手を差し出した。

「手を引いてあげるよ。それとも、後ろから押してあげようか？」

「……お手をお借りします！」

トゥル様が本当に後ろに回り込もうとしたので、私は慌ててトゥル様の手を握った。

しっかりとした手が、私を軽く引っ張る。重かった体が軽くなった。壁に手をついて体を支え、トゥル様に引っ張り上げてもらい、私は階段をまた上り始めた。

不思議だ。私の体はトゥル様に手を引いてもらうと軽くなる。

どんな道も、どんな階段も平気になる。あきらめてきたものや切り捨てていたものに、もう一度手を伸ばしてみたいと思えてくる。息が切れて体が思うように動いてくれなくても、子供の頃に戻ったように楽しい。

でもあの頃より、もっと心が躍っている。トゥル様が一緒にいてくれるから。

懸命に足を動かしている間に、ずいぶん高いところまできた。少しずつ空間が狭くなり、階段の幅も狭くなる。子供の頃に駆け上がった記憶が蘇ってくる。

このくらいの狭い階段が続いたら、もうすぐ頂上に着くはずだ。

記憶の通りに階段が終わった。番兵が重い扉を開けると、突然周りが明るくなる。頂上だ。

ほっとした途端に、強い風に体を押された。階段まで戻されそうになったけれど、ぽすんと背中に何かが当たって止まる。

驚いて振り返ろうとすると、真上から穏やかな目が覗き込んできた。

「オルテンシアちゃん、大丈夫？」

後ろに回ったトゥル様に抱き止められたらしい。

私の体は腕の中にすっぽり収まっている。私は慌ててトゥル様の胸から離れた。

「だ、大丈夫です。失礼しました」

「この高さになると風がとても強いんだね。驚いたよ」

トゥル様はそう言って笑い、前を見る。

青と緑の目はキラキラと輝いていた。端整な顔が、初めて翼竜を見た子供のように紅潮している。

こんなに近くで翼竜を見るのは初めてのはずだから、少しもおかしいことではない。翼竜を見れば、大人だって一瞬で子供に戻ってしまうものだ。

「トゥル様。ブライトル家の翼竜はいかがですか？」

まだ荒い息のまま、そっと聞く。

翼竜を熱心に見つめるトゥル様は、とても明るく笑った。

「すばらしいね。とても美しいよ！」

歓声なのか、吐息なのか、あるいは両方なのか。声が弾んでいる。

このトゥル様を見たかったのだ。

壁に手をついてやっと立っているような疲労の中、私は深い満足感を覚えた。

翼狼が多様なように、翼竜と言われる魔獣には、いろいろな種類が存在する。

ブライトル家が所有する翼竜は長毛種。

岩山羊のような長い毛が全身を覆っている。騎獣として使っているものは緑色の翼竜で、例外はお母様の騎獣だけだ。

見張り塔の待機場にいたのも、緑色の長い毛が美しい翼竜だった。

翼竜という魔獣は、空を飛ぶという括《くく》りではドラゴンに似ているけれど、骨格や外見的特徴は鹿や蝙蝠に少しずつ似ている。だから人間にとって馴染みのある雰囲気がある。巨大な体と銀色の目が異質だから、動物と思う人がいないだけだ。

翼は前脚が変化したもので、腕と指に相当する部分が長く伸び、薄い膜状の皮膚が広がっている。もちろん、その翼にも長い毛があるから、空を飛んでいるときはその毛が後ろに流れてとても美しい。

そういう説明を、お母様は丁寧にしている。トゥル様は一応頷いているけれど、緑色が強く輝く目は翼竜をずっと見ていた。

でも全く話を聞いていないかというと、そうでもない。

後から、聞き流しただろうと思っていた説明について質問してきたりするから、油断はできないのだ。

トゥル様を見ながらこっそり笑う私は、翼竜から少し離れたところに用意された椅子に座っていた。疲れてしまったから、という口実だ。

本当の理由は、私が近付くと翼竜が不機嫌になってしまうためだ。トゥル様は翼竜に好意を寄せられている。あの楽しそうな時間の邪魔はしたくない。

ここにお連れしてよかった。

心からそう思う。ほっとため息をついた時、翼竜がふと視線を動かした。

少し遅れて、見張りの兵士が下方を指差した。

「奥方様。あれは何でしょうか」

急に不機嫌そうになった翼竜の首を撫でたお母様は、兵士が示した方向を見て眉をひそめる。私も、翼竜を刺激しないようにゆっくりと立ち上がって目を向けた。

蝶だ。鮮やかな赤紫色の蝶が飛んでいる。

それだけなら特に珍しいことではない。

赤揚羽は屋敷の中庭でもよく見かける。自由に飛ぶ優雅な虫で、雨が降る日にも平然と飛び回っている。

でも見張りの兵士が指差した大きな蝶は一匹ではなかった。二十匹以上はいるだろうか。塊のような群れを作って飛んでいる。

「……赤揚羽が群れを作るなんて、珍しい」

お母様がつぶやく。警戒と同時に腰の剣に手をかけたのは、辺境地区の警備をするものの習性だ。さらに、見張りが違う方向を指差した。

「西からも、蝶の群れが近付いてきます！」

「警戒を続けよ！　シア、あなたは下がっていなさい。殿下は、念のためこちらへ」

お母様は殿下を翼竜の近くへと招こうとした。翼竜は警戒するように翼と尾を動かしている。その動きを邪魔しない距離を保ちつつ、万が一の時は殿下を乗せて上空に逃れるためだ。

このブライトル領では、緊急時には次期領主である私の方がトゥル様より警護の優先順位が高い。だから翼竜に乗れない私は守りの堅い屋内へ向かい、トゥル様は私とは別方向の空へ向かう。

もちろん、第二王子であられるトゥル様を危険にさらすつもりはない。

お母様はどの翼竜でも乗りこなす。お母様と翼竜がいれば、トゥル様は安全だ。カートルもお渡ししてある。

私が塔の階段へと戻ろうとした時、耳のカートルが、チリーン、と鳴いた。

あと少しまで近付いていた暗い階段から、周囲へと目を向ける。すぐ近くの空に、また別の赤揚羽の群れが飛んでいた。

いつの間にあんなに近付いていたのだろう。

背筋が一瞬で冷えた。

「どの群れにも赤揚羽ではないものが交じっている。来るぞ」

静かな声が聞こえた。

トゥル様だ。南側に現れた群れを見ている。

大きな声ではないのに、この場にいる全員に聞こえたようだ。お母様の指示を待たずに緊急を告げる笛が鳴らされ、階下から新たな兵が駆け上がってくる音がした。屋敷から少し離れたところにある待機場から、複数の翼竜が飛び立つのが見える。

耳元で、チリーン、チリーン、とまたカートルが鳴いた。

その次の瞬間、塊になりながら飛んでいた赤揚羽たちが、突然散り散りになった。

逃げるように飛んでいくもの。

片羽がちぎれて、くるくると落ちていくもの。

そして……蝶に似た形を取っていたものたちが、姿を変えて本性をあらわにした。

「爪燕《ツメツバメ》か！」

一瞬でトゥル様へと襲いかかった鳥のような姿の魔獣を、剣で防ぎながらお母様が舌打ちをした。剣で弾いたはずなのに、お母様のマントの裾が切り裂かれている。

身を翻した魔獣は再びトゥル様を狙う。翼の先にある鋭い爪が襲いかかる直前、銀色の光が一閃《いっせん》した。

剣を振り抜いたトゥル様の足元に、真っ二つになった爪燕が落ちる。別の魔獣を斬りながら、お母様が目を丸くした。

「お見事です」

「伯爵夫人が脚を斬ってくれたおかげかな」

トゥル様は淡々と答えながら、翼を広げた翼竜の陰へと駆け寄ろうとする。でも燕のような速さで飛ぶ魔獣が集まって、行く手を阻んだ。

爪燕は目が追いつかないほどの速さで飛んでいる。行き手を塞ぎながら周囲を飛んでいるものが五体。トゥル様に接近しようとしているのは三体だろうか。

一体ならトゥル様は問題にしないだろう。二体でもカートルがお守りする。爪燕を一太刀で斬り捨ててしまうトゥル様なら、三体まではなんとか対応できるかもしれない。でもそれ以上となると、カートルが頑張るとしても、どこかに傷を負う。

それは駄目だ。

トゥル様に醜い傷痕を残してはいけない。

それに、ここは塔の上。翼竜から引き離され、あの時のガザレス叔父様のように外へ押し出されてしまったら……それだけはあってはいけない。

階段に戻ろうとしていた足を止め、私はトゥル様たちの所へと足を踏み出した。

急に向きを変えて走ろうとしたからか、体のバランスがガクンと崩れてしまう。足がうまく動かない。でも体が傾くのも気にせずに進む。

必死に足を動かしながら口に指を当てて、ピュー、と鳴らした。

私の指笛は大きな音ではなかった。でもこれで十分だ。空を飛ぶ魔獣は私を無視できないから。

魔獣たちが一瞬でも私に気を取られれば、それだけでトゥル様は対処できる。お母様が動く。翼竜や兵士たちが間に合う。

狙った通り、指笛を吹いた途端に鋭い爪を持つ魔獣たちが一斉に振り返った。

ほとんど転びそうになっている私を見る。いくつもの銀色の目が私を見つめ、反射的に私の方へと向きを変えた。鋭い爪も私へと向く。その一瞬の隙に、トゥル様の剣が続け様に二体の魔獣を切り裂いた。翼竜もトゥル様を翼の下に隠そうとしている。

間に合ったようだ。よかった。

「……シア！」

魔獣を斬り伏せたお母様が、私を見て顔色を変えた。剣を手に駆け寄ろうとする。

でもそれより早く、カートルが銀色の体を広げて私の背中を守った。

カートルに爪燕より大きな魔獣がぶつかったようだ。鋭い牙と爪はカートルで阻まれたけれど、魔獣の巨体の勢いまでは殺せない。

ぐん、と体が押された。

衝撃はない。カートルが守ってくれているから。でもすでにバランスを崩していた私の体は、綿を詰めた人形のように宙に投げ出された。

見張り塔の壁を越えて、何もない空間へ。

――まっすぐに落ちていく。

「オルテンシア！」

誰かが、私の名前を呼んだ。壁から身を乗り出すように手を伸ばしている。私が手を伸ばせば届くだろう。

でも私は手を伸ばさない。一人で落ちる。

目を大きく見開いたその人の背後に、大きな魔獣が迫っていた。私を突き飛ばした魔獣だ。その魔獣をお母様が剣で阻み、飛来した翼竜騎士たちが飛び回る爪燕の翼を斬り落とす。

増援の兵士たちが、手を伸ばしたまま呆然としているトゥル様を塔の内側に引っ張り戻した。

その間も、トゥル様は周囲の状況を忘れたように落ちていく私を見ていた。

自分の身を守ることを忘れて、私を助けようとしてくれたのだろうか。やっぱり優しい人だ。

胸が温かい。私は微笑んでいた。

ぐん、と体が落ちる速度が加速する。

強烈な恐怖が湧く。服が、髪が、全てが猛烈な風を受けている。何度落ちてもこの瞬間は慣れない。

そして……突然私の体がふわりと浮かんだ。鳥の羽根が落ちていくように、緩やかに高度を下げていく。

まだ生き残っていた爪燕が襲いかかってくるけれど、カートルが全てを防いでくれる。地表が近くなれば、駆けつけた兵士たちが私を守ってくれる。

やがて地面に足が着いた。

しっかりと踏みしめると、風をはらんでいた服がふわりと元に戻る。乱れてしまった髪もゆっくりと背中に戻る。そして突然、体が全ての重さを取り戻した。

急激な変化にバランスが取れなくなって、体が大きく揺れる。でもなんとか膝をつかずに済んだ。

ほっとしながら姿勢を正した時、翼竜が降りてくるのが見えた。見張り塔の頂上にいた翼竜だ。お母様が手綱を握っている。

着地すると同時に、トゥル様が翼竜の背から飛び降りた。

足早にやってきて、私の前で足を止める。すばやく私の全身に目を巡らせ、トゥル様は硬い顔のまま口を開いた。

「……怪我は？」

「どこにもありません。カートルが守ってくれました」

「それは見たよ。一気に広がった銀色の紙のようなものが、全ての攻撃を受け止めていた。でも……君は落ちた」

「ご心配をおかけしました。でも、私は大丈夫なんですよ」

お母様も翼竜を降りて、手綱を持ったまま翼竜の首を撫でている。少し興奮した翼竜はじっと私を見ていた。

銀色の目がぎらぎらと光っている。戦闘による興奮ではない。私の異能を見て、敵意のようなものを燻《くゆ》らせている。お母様がなだめていなかったら、私に攻撃を仕掛けてくるか、不快感に耐えかねてこの場を去ろうとしていただろう。

わかってはいたけれど、相変わらず私は翼竜たちに嫌われている。こんな光景はトゥル様にお見せしたくなかった。……知られたくなかった。

私は翼竜から目を逸らして、トゥル様を見上げた。

「私はどこから落ちても怪我をすることはありません。私の体は、落ちる時には比重が変化します」

「伯爵夫人から聞いたよ。しかし、それはどういうものなのだろうか」

「我が一族に伝わる秘術です。翼竜の幼体から、翼の一部を切り取って移植するのです。それによって、私の体は翼竜と同じ比重になっている部分が混じっています」

「だから、普段からバランスを崩しやすかったり、時々ひどく軽かったりしたんだね」

「……お気付きだったんですね」

巨体を持つ翼竜が軽やかに飛び続けることができるのは、肉体の比重がとても軽いからだ。

ブライトル家の秘術により、私は空を飛ぶものたちに近い体を部分的に得た。私の大きさなら、一時的に全身が変異して羽根のようにゆっくりと落ちる。

でも、それは不自然で歪んだものだ。

だから空を飛ぶものたちの視線を集めてしまう。翼竜は特に私を嫌う。その代わりに、私は殺されにくい体を得た。ブライトル家の守りがある限り、地上でも高所でも、私を殺そうとするのは簡単ではない。

秘術を施したことは正しい選択だった。次期領主として私は後悔していない。今日も、この歪《いびつ》な体が囮《おとり》になってトゥル様をお救いできた。たとえ異形として翼竜たちに疎まれたとしても、トゥル様の命をお守りできたのなら本望だ。

でも、トゥル様はどう思っているのだろう。

表情が消えたままだからわからない。あらゆる感情を排除した顔は、美しいのに血の通いを感じさせない。全く知らない人のようだ。

こわい。トゥル様の目に、翼竜たちのような嫌悪が浮かんでしまったらどうしよう。どうか、いつものように笑ってくれますように。嫌われませんように。

私は必死に祈る。でもトゥル様は……目を逸らして私に背を向けた。

「君から離れていたい。別荘に送ってくれるだろうか」

「……殿下のお望みのままに」

トゥライビス王子殿下は、安全で閉鎖的な場所をお望みになった。私は恭順の意思を示し、礼儀通りに深々と頭を下げる。

殿下のお望みを叶えることは私の喜びだ。

なのに手も足も、体全体が震えている。何も考えられない。

——胸が、張り裂けそうなほど苦しかった。

第六章　領主の娘の秘密

私はブライトル伯爵の一人娘だ。兄弟はいない。

お母様は、私を産む前に何度も流産をしていたそうだ。翼竜に乗り続けることがよくないのではないかと、完全に翼竜から離れた時期もあったと聞いている。

でも結果は同じで、思い悩んだお母様は離縁を申し出たらしい。お父様は弟ガザレスを後継者にすると決め、周囲とお母様を説得して翼竜隊長に復職させた。

全てが落ち着いた頃、私が生まれた。

お父様は奇跡が起きたと喜んだけれど、弟を後継者から外すつもりはなかった。お母様も、私をいつかは嫁いでいく普通の娘として育てようとしていた。

でもガザレス叔父様は、自ら後継者の地位を辞退した。そして私をとてもかわいがってくれた。

先天的に動物や魔獣たちに好かれていた叔父様は、いつも私を馬に乗せてくれた。馬以外の騎獣にも乗せてくれた。翼竜だけは「危険だから」と渋っていたけれど、私がどうしても乗りたいと駄々をこねると、ため息をつきながら乗せてくれた。

普段のお父様は「仕方がないな」と何でも許してくれていたのに、その時だけは危険なことをさせるなと激怒したようだ。あとで聞いた話によれば、ガザレス叔父様はお母様にまで説教されたらしい。

ガザレス叔父様に悪いことをした。そう反省したけれど、叔父様はその後も「兄上と義姉上《あね》には秘密だよ」と笑って、いろいろな翼竜に乗せてくれた。その度にお父様に叱られていたけれど、今思えば、ガザレス叔父様は私を翼竜たちに覚えさせようとしていたのだろう。

そのおかげで、私は翼竜たちの妹分か子供のように受け入れてもらえた。幼体たちとは本当の友達のように仲良くなった。

でもお父様と叔父様が隠していただけで、私はずっと危険な目に遭っていた。

乗馬を禁止されたのも、飼育魔獣がいつもそばにいるようになったのも、危険を回避するためだった。

十三歳の時、私は初めて大掛かりに命を狙われた。

ガザレス叔父様を領主にすることを諦めきれなかった誰かが、私を邪魔だと思ったらしい。でも死んでしまったのは私をかばって高所から落ちたガザレス叔父様で、私は叔父様の翼竜によって守られた。

魔獣たちから私を守り抜いた翼竜は、そのまま死んでしまった。その翼竜の子である幼体も、私をかばって深い傷を負った。

翼竜の幼体は私の親友だった。

親友が私の腕の中で息絶えようとしていた時、全てが怖くて震えていた私は叔父様から聞いた話を思い出した。

翼竜の幼体を犠牲にするために、繁殖飼育をしているブライトル家にしか不可能な、そんなブライトル家でもためらうような、秘術と言われる移植術があるのだと。

翼竜の幼体たちは私の遊び友達だ。だから親友たちを利用するという話に怖くなって、お父様にそんな秘術が本当にあるのかと泣きながら聞きにいった。お父様はいつになく真面目な顔で、過去に何例も成功していると話してくれた。失敗はその何倍もあることも。

生命が抜けるにつれてゆっくりと重みを増していく親友を抱きしめながら、私は秘術を行うと決めた。叔父様のような死に方をしないように。親友を永遠に失わずに済むように。……全ての恐怖から逃げたいだけのわがままだった。

お母様は反対したけれど、お父様は何も言わずに医師を呼んでくれた。

命を失うと同時に、親友の——翼竜の幼体の翼の根の部分は私の背中に移植された。医師にも失敗する可能性は高いと言われたけれど、翼竜の組織は問題なく体に取り込まれた。翼竜の幼体が、ちょうど私と同じくらいの大きさだったことがよかったのだろう。

今でも、私の背中には移植の跡がある。

鏡越しに見える肌は醜い。王都から来たドレス職人は、私の背中が見えてしまった瞬間に悲鳴を上げた。今でも肌着を身につける前の体は、ナジア以外のメイドたちには見せていない。

こんな私が結婚した相手は、トゥライビス殿下だった。

殿下は、長く執拗《しつよう》に命を狙われ続けてきたというのに穏やかに笑う人だった。高貴な生まれなのに、周囲への配慮を忘れず、過酷な生い立ちのために魔獣への恐怖心もあるはずなのに何の偏見も持たず、とても楽しそうに辺境地区の生き物たちに接していた。

私はたった一度命を狙われただけで怯えてしまった。体に負った傷の痛みも、傷がずれていれば死んでいたかもしれないことも、誰かが私を守ろうとして死んでいくことも、全てが怖くて親友の体をもらってしまった。

でも殿下は、とても強い人だ。

どれだけ命を狙われても、どれだけ傷の痛みを知っても、大切な人を守るために王宮から逃げ出すことはしなかった。命を守るために王宮を離れる選択をしたのは、乳母だった女性が死去した後だ。

そういう人だから、殿下をお守りしたいと思った。あらゆることを受け止めながら明るく笑うお顔を見ていると、私もとても幸せな気分になる。

これからも、全てをかけてお守りすると決めている。

殿下がお望みなら、いつまでもブライトル領でかくまうつもりだ。殿下が一人でいることを選ぶなら、その環境をお作りする。

別荘に一緒に赴いたのは、お母様が一番信頼しているグレムとその部下たちだ。殿下もグレムとはよく言葉を交わしていたから、常に護衛されることになっても苦にならないはずだ。

カゴいっぱいのアバゾルも荷物として託した。無害な魔獣たちは、殿下のおそばにいることを喜ぶ。きっと毎日掃除をしてくれる。その姿に、殿下も和んでくださっているだろう。

殿下が別荘に移って二ヶ月。

報告によれば、書物庫でお過ごしになる時間が多いようだ。銀鷲隊ともよく交流をしているらしい。穏やかな日々をお過ごしなら、とてもいいことだ。

そう満足しているはずなのに、殿下がいない中庭を見ると寂しくてたまらない。蜂蜜のような明るい金髪が、どこかに隠れていないかと探してしまう。

……殿下がブライトルの屋敷に戻ってきても、私には笑いかけてくれないかもしれないのに。

◇

明るくてがらんとした中庭から目を逸らし、私はため息をついて屋敷の中へと戻った。

屋敷の中はいつもより慌ただしい雰囲気がある。半月後に私の誕生日がくるためだ。

辺境地区において、毎年の誕生日は「祝福の日」として大切にされている。王都の貴族たちも「祝福の日」を祝っているようだけれど、毎年ではなく、十歳を区切りとして盛大なお祝いをするらしい。

十歳まで無事に成長したことを祝う、という意味はわかる。幼い子供はとても弱いから。

そんな成長を祝う習慣が、この辺境地区では毎年行われている。きっと異界との境界が曖昧な場所だからだ。今は安定しているけれど、一年を生き延びるだけでも大変だった時代が長くあったのだろう。

私も、この一年でいろいろなことがあった。

一年前の十六歳の誕生日、私は初めて大人と同じデザインのドレスを着た。色も自由に自分で選ぶことができるようになった。

でも、私が着るドレスはいつも似たデザインだ。背中や腕を覆い隠し、色は透けることのない濃い色。王都の流行からは外れているから、殿下は若い娘らしくないと思っていただろう。

半月後、私は十七歳になる。

白い結婚とはいえ、私はもう結婚している。身につけるものも少し変わった。でもそういう未婚と既婚を明確に分ける風習も、王都近辺ではもう廃れていて、独身の娘のように華やかなものを身につけてもいいらしい。

とは言っても、身を飾りたいとは思わない。……見せたい相手はもういないから。

「シア」

名前を呼ばれて振り返った。お母様だ。

山のような書類を抱えている。副官はさらにたくさんの巻紙を抱えていて、ちょっとひ弱そうな若い秘書官も従えていた。

「あなたの祝福の日の祝宴についてですが、出欠の返事がほぼ揃ったようですよ。家令が打ち合わせをしたいと言っていました」

「わかりました。すぐに向かいます」

「でも、その前に……少しいいかしら」

お母様が周囲をチラリと見る。

どうやら、私にだけ話があるらしい。

私が頷くと、お母様は抱えていた書類を秘書官に渡した。

若くて痩せた秘書官は、受け取った瞬間、ぐらりと体が傾きかけた。でもすぐに抱え直し、ふうふう言いながら運んでいった。副官も山のような書類を抱えているのに、彼の足取りは軽い。

何となく二人を見送っていると、お母様はため息をついた。

「シア、トゥライビス殿下から、何か知らせはありましたか？」

「……いいえ」

「やはりそうですか。もしかしたら、あなたのところには直接お返事が来ているかと思ったのですが」

祝福の日の宴《うたげ》のために、私たちは一族の人たちを招待した。近隣の貴族たちにも招待状を出した。将来の領主である私の顔見せを兼ねているから、王都の主立った貴族にも、一応は招待状を送っている。

王都の方々は代理人を出席させるか、お祝いと称して贈り物を送ってくるだけになるだろう。私たちもそのつもりで招待状を送っているから、それはいい。

そして招待状を送った中に、王妃様と繋がることを選んだ貴族がいる。そうでなければ、あれほど手際のいい襲撃は実現しない。

辺境地区の状況をよく知っていて、ブライトル家の内部のことも詳しくて、殿下がどこにいるかを知っていて、暗殺用の魔獣を引き込む時間を作ることができた人。

そんな人は一人しかいない。なぜ思い当たらなかったのか、自分の甘さが嫌になる。

でも、魔獣を使った暗殺は手がかりが残りにくい。怪しいと思っても、明らかな証拠がなければ糾弾はできない。巨大な武力を持つ辺境地区領主同士なら、特に下手に動くべきではない。

それでもお父様は、私が望むなら証拠が揃う前でも相手を滅してもいい、と言っている。そう語った時のお父様は、いつもより静かな口調だった。お母様も反対せず、淡々と軍事訓練の時間を増やしている。

お父様とお母様の気持ちは嬉しいけれど、王妃様と敵対するのは得策ではない。証拠が揃わない状況で動くことも賢明ではないだろう。

今は平然とした姿を見せるに留《とど》めるだけにしよう。幸いなことに怪我人は出なかった。これで終わるなら、何もなかったと見なせないこともない。

……トゥライビス殿下から、何も返事が来ないだけだ。

お父様の名前で招待状を差し上げたのは一ヶ月前。やはりこちらにはお戻りにならないのかもしれない。

「シア。もう一度、殿下にご意向を伺いましょうか？　私が直接、確認してきてもいいのですよ」

「そこまでしていただく必要はありません」

「でも」

「結婚の取り決めの中に、祝宴への出席を求める項目はありません。全ては殿下のお望みのままに。私は殿下の命をお守りするだけです」

「シアは、本当にそれでいいの？」

お母様は私の顔を両手でそっと挟んだ。優しい手つきだけど、手のひらはしっかりとかたい。翼竜の手綱を握り、剣を振るう手だ。

私はお母様のこの手が大好きだ。貴族の婦人としての枠からは外れているけれど、誰よりもお父様を支えているし、私を愛してくれる。お父様も、私をとても大切にしてくれる。

だから、私の人生は幸せだ。

「それで十分です」

「……そうですか。でも、私が個人的に殿下に手紙を差し上げることはあるかもしれませんね。ええ、少しだけ今後の行事をお知らせしてもいいはず！」

「でも、お母様」

「シアでも、私を止めることはできませんよ」

お母様は私の顔を、軽くぎゅっと押す。

頰が押されておかしな顔になってしまった気がする。でもお母様は少しも笑わず、ため息をついてから歩き去っていった。

「……私も、打ち合わせに行かなければ」

お母様を見送り、私は祝宴の話をするために家令がいるはずの執務室へ向かった。

◇

私の十七回目の祝福の日は、久しぶりによく晴れていた。

いつもの「晴れた空」とは違い、本当に青い空が広がっている。

上空を旋回しているのは翼竜。下からは見えないけれど、お母様の配下の翼竜騎士が騎乗しているはずだ。

宴に出席するお客様たちは何日も前から馬車を使って集まっていて、屋敷の中はとても賑やかだ。

アバゾルは茂みのどこかに隠れているようで、ここ数日は黄色くて無害な魔獣を全く見かけない。

当然、用心深いコドルの姿も全くない。でも中庭は少しも荒れていないから、人がいない夜中に出歩いているのだろう。

いつもの魔獣たちが姿を消して少し寂しくなった中、ブライトル領は花の季節を迎えている。アマレの木にも真っ白な花が咲いた。今年も一斉に開花しているから、青い葉を完全に覆い隠してしまっている。

その白い花を見上げ、私はそっとため息をついた。

「やあ、オルテンシア！　誕生日おめでとう！」

陽気な声が、背後から聞こえた。

声をかけて来るだろうと予想はしていたのに、一瞬心が乱れそうになる。私は手をぎゅっと握りしめた。

（――落ち着くのよ、オルテンシア。尻尾をつかむまでは行動してはいけない）

目を閉じて小さく息を吐く。それから微笑みを浮かべながら振り返った。

「来てくださったのですね。アリアードのおじさま」

「もちろんだよ。イグレス・ブライトルの娘は、私の娘にも等しい。今年も祝福の日に駆けつけることができて幸せだよ。今日の君は一段と美しいね！」

調子のいいことを口にするアリアードのおじさまは、今日も王都風の派手な服を着ていた。襟元を飾る宝石はとても大きい。

一見平凡な宝石に見えるけれど、あれは極めて上質だ。辺境地区では採掘されない希少なもので、翼竜と同じくらいか、それ以上の価値があるだろう。

アリアード家は魔獣飼育で有名だ。でもあの宝石を新たに入手できるほどの高額な取引があったとは聞いていない。以前から所有していたものでもないはずだ。派手好きなおじさまが見せびらかさないわけがない。

だから、最近誰かから贈られたものだろう。……例えば、王妃様から。

腹の中で湧き上がる苛立《いらだ》ちを隠し、私は少し大袈裟に残念そうな顔を作った。

「ロディーナおばさまには、今日はお会いできないそうですね」

「そうなのだよ。嫁いだ娘が体調を崩していてね。ああ、病気ではなく妊娠しただけだから、心配しなくていいよ。ついでに王都に留学中のカレストの様子も見てくると言っていたな。うちの末息子のカレストのことは覚えているかい？」

「もちろん覚えています。カレスト兄様にはよく遊んでもらいました」

「そうか。そのうちカレストも戻ってくるから、ロディーナともども会ってやってくれ。それなりにいい男になっているぞ！」

機嫌よくそう言って、今度はおじさまが周囲を見まわした。

「ところで、殿下はどちらにおいでかな？　宴の間にまだお姿がなかったから、オルテンシアと一緒にいるのかと思ったのだが」

おじさまは、ごく自然に殿下のことを聞いてきた。でもこれは想定していたから、さっきより落ち着いて笑顔を作ることができた。

「殿下は、こちらにはいません」

「そうなのか。ではまだお部屋なのかな？　ふむ、ではお部屋までお迎えに行ってみようか。殿下のお部屋はどのあたりだろう。オルテンシアとは別室となると、日当たりのいい南側あたりかな？　よし、さっそくお邪魔させていただこう！」

「おじさま」

くるりと背を向けて、殿下を探しに行こうとするおじさまを呼び止めた。

振り返ったおじさまは首を傾げた。目が合うと人懐っこく笑う。いつも通りに朗らかで魅力的だ。でも薄っぺらい。

私も微笑んだまま、まっすぐにおじさまの目を見つめた。

「殿下は静かな日々をお望みです。どうかお控えください」

「おや、私が無礼を働くと思ったのかい？　ははは、今日はロディーナもいないし、殿下に一言ご挨拶をさせていただくだけだよ！　オルテンシアが目くじらを立てるようなことは何も……」

「アリアード子爵。まだ私が気付いていないと思っているのですか？　王妃様と繋がっている人の無礼は許すつもりはありません」

言葉を遮ってそう告げると、アリアード子爵の表情が一瞬変わった。

たぶん誰も気付かないだろう。

でも私は見逃さない。秘術のために私の目と耳は魔獣に近い。お父様の従兄弟ともあろう人が、そんなことも忘れてしまったのだろうか。秘術を受けた時、一番に「良い選択だった」と賛成してくれたのはアリアードのおじさまだったのに。

一瞬だけ真顔になったアリアード子爵は、すぐにまた笑顔になった。

「……かわいいオルテンシア。私は君のご機嫌を損ねてしまったようだね。それとも、私を脅すつもりかな？」

「殿下の部屋を突き止めて、屋敷の中で何かを起こすつもりではないか……なんて、おじさまを疑いたくないだけですよ」

私は微笑み続ける。

笑みを見せるべき時だから、最高の笑顔を作る。でも心の中では怒りが渦巻いている。きっと目は笑えていないだろう。剣を抜いたときのお母様のように。

「アリアード子爵。トゥライビス殿下は私の夫です。まだ殿下のお命を狙うつもりなら、ブライトルを敵に回す覚悟をしてください」

アリアード子爵の口元が、ごく微かにひくりと動いた。図星だったようだ。素早く周囲を見てナジアしかいないことを確認して、私の喉元も見た。

私の口封じを狙って手を出してくれるなら、話は簡単に終わる。私にはカートルの守りがあり、ブライトル家の屋敷内で私の命を狙えばただでは済まない。

でもアリアード子爵は愚か者ではなく、計算高く自重したようだ。それを残念に思いながらおじさまの目を見つめた。

「その美しい宝石を贈った王妃様より、私は堪《こら》え性《しょう》のない子供です。私に、大好きなおじさまを殺させないでくださいませ」

祝福の日のための紅色のドレスをひらりと広げ、私は領主の娘らしい丁寧な仕草で礼をする。

顔を上げると、アリアード子爵は青ざめていた。

ごくりと喉が動き、震える手が襟につけた大きな宝石に触れた。王妃様から贈られたもので間違いないようだ。

王妃様の要請を受けてブライトル伯爵家の情報を流し、最も的確なタイミングで暗殺者たちを引き入れていたのは、やはりアリアード子爵だった。

あの宝石が報酬なのか手付金なのかはわからないけれど、アリアード領より重いとは思えない。もしかしたら、殿下を亡き者とした後は自分の息子と私を結婚させて、ブライトル家も手に入れるつもりだったのかもしれない。

おじさまは欲が深い。でもわかりやすくて、引き際は見逃さない。襟を飾っていた大粒の宝石のついた装飾品を外して手に握り込み、おじさまは手を下ろすと同時に無理に笑顔を作った。

「……急な用事を思い出してしまったよ。今日は帰らせてもらわなければならないようだ。オルテンシアの祝福の宴に出席できず、とても残念だ」

「大切な用事なら仕方がありません。ロディーナおばさまにも、よろしくお伝えください」

私が微笑み返すと、おじさまはほっとしたような顔をした。

きっと、自分がそんな顔をしたとは気付いていないだろう。おじさまは存外に可愛らしい人なのかもしれない。

「アリアードのおじさま」

足早に去って行こうとしたおじさまの背に声をかける。

びくりと肩を震わせ、おじさまは少しだけ振り返った。その青く強張った顔を見つめながら、私は少し困った顔をしてみせた。

「カレストお兄様のことは嫌いではありませんが、私の夫はトゥライビス殿下です」

「もちろんだよ！　オルテンシアの夫はトゥライビス殿下お一人だ！　……そうだ、

私が身につけていたもので悪いが、これをお祝いとしてあげよう。とても価値のある宝石だから、君やブライトル伯爵の役に立つと思うよ！」

また顔色が悪くなったおじさまは、早口でそう言って外したばかりの大粒の宝石を押し付けてきた。

カートルも襟赤栗鼠も反応しないから害はないようだ。裏返すと、台座に二本足で立ち上がった豹《ひょう》の絵が彫り込まれていた。王妃様のご実家クラドリス公爵家の紋章だ。王妃様とは手を切るというアピールらしい。

私が宝石を見ている間に、おじさまは陽気に手を大きく振って歩き去っていった。

アリアード子爵が屋敷から去ることを伝えたのか、廊下の向こうが少し騒がしくなる。私はその喧騒に背を向け、息を殺していたメイドのナジアに襟飾りを渡して中庭へと降りた。

中庭は静かだった。

もうすぐ宴が始まるから、客人もここにはいない。

私も宴の準備をするために部屋に戻らなければ。そう思うのに、まだ気が昂っていて部屋に戻る気にはなれない。歩きながらため息をついた。

「……お父様にはしばらく様子を見ると言っていたのに。つい、やってしまったわ」

私は自分で思っていた以上に堪え性がないようだ。

かっとなって動いてしまった。

でも、アリアードのおじさまの言動に我慢ができなかったから仕方がない。お父様に報告しておかなければ。

もう一度ため息をつき、気持ちを落ち着けるために足を止めてアマレの木を見上げた。

アマレの白い花びらは七枚ある。五枚でもなく、重なり合う八重咲きでもなく、ひらりとした花びらが七枚並ぶ。

開花が始まってから、いくつかの花を取って確かめた。押し花も作っている。もちろん青い葉と一緒に。気がついた特徴も私なりに書いてみた。

これが役に立つ日が来るかはわからないけれど、トゥライビス殿下が興味を持った時にお見せしよう。殿下が興味を持つことがなくても、誰かの役には立つだろう。

「お嬢様、まもなくお時間ですよ！　……あれ、ナジアさん、なぜそんな離れたところにいるんですか？」

「これ、静かに！」

呼びにきたリンナが首を傾げ、ナジアが珍しく慌てて制している。

でも、確かに部屋に戻るべきだろう。宴のためのドレスはもう着ているけれど、髪にはまだ装飾品をつけていない。部屋に戻って最後の仕上げをしなければ。

ふうっと息を吐く。過敏になっていた感覚が緩み、耳に入ってくる音が減る。視界も緩やかに狭まった。こんなに感情の制御ができないなんて、私はまだ子供だ。こんなだから、おじさまに見くびられてしまったのだ。

もう一度ため息をつき、中庭から屋敷の中へ戻ろうとした。

その時、耳飾りに扮《ふん》しているカートルが突然ぶるりと震え、チリチリ、チリチリ、と鳴き始めた。

何かを訴えている。銀色の体も動かしているのか、耳元でゆらゆらと揺れている感覚があった。リンナが驚いたような顔をしているのは、鳴いたり動いたりしているカートルを初めて見たからだろう。

危険はないようだけれど、私は念のために周囲を見て、空を見上げた。

「……あ」

翼竜が旋回している青い空に、何かが見えた。

見えた、と思った直後、もう「それ」は大きく見えるようになっていた。

とても速い。あの速さは翼竜ではない。同じくらいに大きくて、圧倒的に速く飛ぶ魔獣——銀鷲だ。上空の翼竜に変化はないから友軍なのだろう。航跡を示すように、銀色の翼粉が筋のように伸びていく。

(別荘を守る銀鷲隊がどうしてここに？　まさか殿下に何かあったの？)

それにしては緊急識別旗をつけていない。

では、いったい何があった？

呆然と見上げている間に、銀鷲が降下を始めた。中庭に風が吹き、落ち葉が舞い上がり、土煙が広がる。

「オルテンシア！　下がりなさい！」

走ってきたお父様が叫んでいる。アリアードのおじさまの件で近くまで来ていたようだ。

でもお父様の声は、私にはよく聞こえなかった。カートルが、チリチリ、チリチリ、と騒いでいるから。

ひときわ大きく風が吹き、嵐の日のように木々が揺れる。それから突然、風がぴたりと止まった。

目を開けると、周囲に漂う土埃《つちぼこり》の中にキラキラとしたものが混じっている。さらに目を上げていくと、中庭に翼をたたんだ銀鷲がいた。

明るい太陽の光を受けて銀色の羽がまばゆいほど輝き、翼竜と同じくらい大きな体から靄《もや》のように翼粉が立ち昇っている。

その背から、飛行服を着た人が地面へと降りてきた。

長距離飛行用の厚手の飛行服は銀粉に染まっている。その銀色以上に明るい金髪が肩にこぼれ落ちていた。

目を保護する飛行眼鏡を外し、顔を覆っていたスカーフも下ろす。乱れた髪を無造作にかきあげたその人は、華やかだけど穏やかな微笑みを浮かべた。

「ブライトル伯爵、騒がせてしまって失礼した。でも、どうしても宴に間に合わせたくてね」

「まさか、殿下お一人で来たのですか⁉」

「大勢で動くと、私が移動していると知られてしまうからね。一応、もう一騎の銀鷲と一緒だったから安心してほしい」

驚いているお父様に、なんでもないことのようにそう言って、トゥライビス殿下は私の前へと歩いてきた。

三ヶ月ぶりの殿下は、以前と同じように穏やかな顔をしていた。でも、少しだけ日に焼けている気がする。まるで毎日翼竜に騎乗するお母様のようだ。

どういうことなのだろう。

殿下がお一人で銀鷲を乗りこなした？　でも、そんなことが……まさか。

混乱している私は、落ち着くために深呼吸をした。

「……いつの間に、銀鷲に乗れるようになったんですか？」

「こっそり特訓したんだ。今日は絶対にここに来たかったから」

殿下は少しはにかんだように、でも誇らしそうに笑った。

銀鷲は難しい騎獣だ。相性が必要だし、高速飛行に耐える技量も必要だ。なのに、殿下はそれを三ヶ月で克服してしまったらしい。

――ああ、でも殿下なら可能かもしれない。

殿下は優雅な姿に似合わず体を鍛えているし、乗馬もとても巧みだ。何より銀鷲たちに好かれていた。多少の技量不足なら銀鷲が補ってくれるだろう。

でも、危険を伴っていたのは間違いない。

もし殿下だと露見してしまったら、道中は極めて危険だった。万が一にも落ちてしまったら、私と違って死んでしまうのに。

「なぜですか？　なぜそこまでして、ここにお戻りになったのですか？」

「君の祝福の日だからだよ。この地では、毎年の誕生日を大切にするのだろう？」

殿下は当たり前のように言う。

確かにその通りだ。でも……それだけのために？

「オルテンシアちゃん、誕生日おめでとう。新たな一年が喜びにあふれるように、私から心よりの祝福を」

片膝をつき、震えている私の手を取り、恭しく手の甲に口付けの形をとる。そして私を見上げ、柔らかく笑った。

「ここから見ると、君は白い花を背景にしているね。君も、花も、とてもきれいだ」

「……あれがアマレの花です」

「ああ、そうなのか！　やっと見ることができたよ！」

私の後ろの白い花を見て嬉しそうに笑い、トゥライビス殿下は立ち上がった。途端に、飛行服から銀色の微細な粉がはらりと落ちて風に流れていく。

それを見て、殿下は少し慌てた。

「しまった。これは早く着替えをした方が良さそうだな。着替えてくるよ。ブライトル伯爵、宴に少し遅れるかもしれないが、何とかごまかしてくれるかな？」

「そういうことは得意ですので、ごゆっくり支度を整えてください。それから私のことは、以前のように『義父』とお呼びいただきたい！」

お父様はニヤリと笑う。柘榴石のような色の目は楽しそうだ。きっといつも以上に、何か騒々しいことをやるつもりなのだろう。

殿下が出席してくださるのなら、できれば辺境地区の品位を下げるようなことは控えてもらいたいけれど、辺境地区の騎士向けの出し物になりそうだ。

もしかしたら、急ごしらえの寸劇かもしれない。

お母様の男装は凛々しくて屋敷のメイドたちにとても好評だ。でもお父様の女装は……お客様の受けは、いつも悪くはないけれど。

そんなことを考えているのに、私は早足で遠ざかっていく殿下の後ろ姿から目を逸らせなかった。

お父様のごまかしは、やはり寸劇だった。

台本は一応、お客様が席に着くまでの間に配ったらしい。当然、セリフを全て覚えているはずもなく、でもお父様とお母様の息がぴったり合っているために、なぜか破綻を感じさせない。私が密かにひやひやしているのに、笑いと拍手を湧き起こしていた。

寸劇が終わりそうになった頃、隣の席に殿下が座った。

髪も体も念入りに洗ったようで、銀鷲の翼粉は残っていない。でも、まるで銀粉をまとったままのように華やかな姿だった。

蜂蜜色の金髪は緩めに一つに束ね、腰にいつもの剣を帯びている。でも辺境地区に溶けこむほど猛々《たけだけ》しくはなく、王都風の衣服は第二王子の生まれにふさわしい華やかさがある。

でも私が目を奪われたのは、髪を束ねているリボンと、剣を飾る組紐《くみひも》だった。殿下ならもっと明るい色が似合うと思うのに、リボンと組紐は濃い紅色。今日の私のドレスの色と合わせている。

どうしよう。嬉しくて胸の奥がきゅっと痛いくらいだ。周囲が寸劇を見ていることをいいことに、私は隣に座る殿下にこっそり目を向けた。

でも、殿下も私を見ていたようだ。目が合ってしまった。慌てて視線を逸らそうとしたけれど、その前に殿下が少し照れくさそうに笑った。

「今日はとてもきれいだね。濃い紅色は君によく似合っているし、真珠のネックレスとの組み合わせもとてもいい。まるでアマレの花のようだ」

周囲が騒々しいから、殿下は少し顔を寄せて囁く。

殿下が着替えている間に、私も身支度の仕上げをした。青い宝石を金で囲んだいつものネックレスをつけるつもりだったけれど、真珠を多用したものに変更した。

殿下が、アマレの花を褒めてくれたから。

髪も既婚女性らしく全てを結い上げてしまうのではなく、半分だけ上げて、残りは緩やかに背に垂らした。以前に殿下がしてくれた髪型に似せている。真珠の飾りも散りばめた。

耳飾りも真珠を選んだ。カートルが見慣れない耳飾りに馴染んでくれるか心配だったけれど、カートルは真珠を取り巻くような形に変わった。

だから、殿下に褒めてもらえて嬉しい。

その意図まで見抜かれてしまったけれど、メイドたちも似合うと言ってくれたから、きっとそんなにおかしくはない。

こんなに自分の身を飾りたいと思ったのは初めてだ。見てくれる人がいることが、こんなに嬉しいものだなんて知らなかった。ほんの少しでも殿下にきれいだと思ってもらいたくて必死な私は、きっと愚かな女だ。でも、こんな自分は嫌いではない。

お父様とお母様、それに巻き込まれてしまった騎士たちの寸劇は、間もなく終わりそうだ。

筋書きなどすでに跡形もなく、模造剣を振り回す剣舞劇になっている。私のような若い娘たちが見ても困らないものではあるけれど、殿下は呆れていないだろうか。

おそるおそる目を向けると、殿下は楽しそうに笑いながら拍手をしていた。私の視線にすぐに気付いて、私の耳元に顔を近付けて囁いた。

「ここは賑やかで、とても楽しいね」

「……いつも以上にはしゃいでいるようで、お恥ずかしいです」

「そうなの？　でも私のためにごまかしてくれたのだし、君の祝福の日なら、あの二人がはしゃいでいるのはいいことだと思うよ」

そう言って笑って、でも殿下はふと真顔になった。

周囲が拍手と歓声で騒々しいからか、さらに私の耳元に顔を寄せた。

「本当は、私はここに戻ってくるべきではないとわかっている。でも君の誕生日は祝福したかったんだ」

「殿下が来てくれて嬉しいです」

「銀鷲を乗りこなせなかったら諦めるつもりだったから、出欠の返事もできなかった。ごめんね」

「それは……かまいません」

本当は、返事が来なくてとても悲しかった。でも今はそんなことはどうでもいいと思うくらいに嬉しい。こんなにこの方が好きなのだと思い知ってしまう。

ひときわ大きな歓声が上がった。お母様がアンコールの剣舞を始めたせいだ。トゥライビス殿下も笑顔で拍手をしたけれど、また私の耳に顔を寄せた。

「私が銀鷲を使うことは知られてしまった。だから別荘へすぐには向かえそうにない。しばらく、ここにいていいだろうか」

耳に、殿下の唇が触れそうな気がする。そう錯覚するくらいに顔が近い。私は落ち着かない気持ちを押し殺し、できるだけ平静な顔を作った。

「もちろんです。その間、殿下のことは私がお守りします」

「ありがとう。でも私のことは、前のように『トゥル』と呼んでくれると嬉しいな」

囁きはとても耳に近い。吐息がかかる。

仕方がないのだ。

剣舞なのか模範剣技なのかよくわからないものが騎士たちによって披露されていて、剣を打ち合わせる音と歓声と拍手と笑い声で、周囲がとても騒々しいから。

私は思い切って顔を上げた。

すぐ近くにある殿下の顔には、優しい微笑みが浮かんでいた。含みのない目は私をまっすぐに見ている。以前と少しも変わりなく優しい。

「……私のこと、気持ち悪くないのですか？」

「そんなことは思わないな」

「私は異形です。人なのに、人ではないのですよ？」

「君は人だろう？」

「変化しているのは体の比重だけではありません。秘術のせいで、背中はとても醜くて、他にも傷痕があって……それに、もっといろいろと……！」

「オルテンシアちゃん、君は人だよ。冷静さと温かい心を持った、美しくしなやかな女性だ」

私の言葉を遮った殿下の声は、とても静かだった。

殿下の手が私の頰に触れ、美しい顔から微笑みが消えた。

「だが、今後はあんな無茶はしないでほしい。――落ちていく君を見て、本当に恐ろしかったから」

穏やかな声がわずかに震えた。私の目を覗き込む顔は、痛みを堪えているようだ。

私の耳と目は、普通の人間よりいい。だから殿下の言葉に嫌悪が含まれていないことはわかる。でも、信じていいのだろうか。

私の「秘密」を知っても不快に思っていない？　本当に？

殿下のおそばにいたいと、私が望んでもいい？
もしご不快でないなら、私はとても嬉しい。あの日、殿下が目をそらした瞬間、とても胸が痛かったから。

「……私、トゥル様に嫌われたと思っていました」

「そんな誤解をさせてしまったのか。ごめんね。私も動揺してしまったんだ。私のいざこざに君を巻き込みたくなくて、君の気持ちまで思いやれなかった」

頬に触れていた手が離れた。

そのまま私の目元に動いて、こぼれてしまった涙をそっと拭ってくれた。

「君は誇り高くて強い人だ。そんな君を尊敬しているし、弱気で泣き虫な君もかわいいと思う。……君のことが好きだよ」

トゥル様は柔らかく微笑んだ。

とても優しい笑顔だった。きれいな手が緩やかに垂らした髪に触れる。まるで戯れるように指先で髪の房に触れて、恭しく唇を押し当てた。

「君と結婚できたことは、私の人生で最高の幸運だと思っているよ」

「命を狙われた結果ですよ？」

「うん、それはとても困っているんだけどね」

トゥル様はため息をついて、私の髪から手を離した。

離れていく大きな手を、私は両手で追いかけて捕まえた。トゥル様が驚いた顔をしているけれど、気にしない。

私は、この方が好き。

優しい殿下のためなら命をかけてもいい。ブライトルの全てを動かすことも厭《いと》わない。だから……。

「一人になることを選ばないでください。別荘へ行くのなら、私も行きます」

「巻き込みたくないんだよ。君はこの地の次期領主だ。この地では君の方が大切な人物だろう？」

「大丈夫です。私は簡単に殺されたりしません。だから私をお連れください。必ずお役に立ちます」

私が言い切ると、何か言おうとしたトゥル様は、迷ったように口を閉じた。

青と緑を混ぜた色の目が私を見つめ、両手で捕まえている大きな手が、一瞬私の手を強く握り返す。

でも、すぐにトゥル様の手から力が抜け、困ったような微笑みが浮かんだ。

「トゥル様」

「……だめだよ、オルテンシアちゃん。私をそんなに誘惑してはいけない」

そう囁く声は優しかった。

拍手と歓声が少し落ち着き、お父様とお母様がこちらに歩いてくるのが見えた。これから、本格的な祝宴が始まる。

私の手をそっと離したトゥル様は、立ち上がってお父様たちを迎える。その優雅なお姿に周囲の視線が集まっていく。あれが次期領主の婿だ、と囁き合っているのも聞こえる。そんなあからさまな好奇の目を向けられても、トゥル様は少しも表情を変えない。当たり前のように視線を受け流し、挨拶を受けては和やかに談笑に応じる。

さすがは王子殿下だ。

そう感心しながら、私はトゥル様が口付けしてくれた自分の髪をそっと握りしめた。

「……トゥル様、私は諦めません」

どんなに拒まれても、私は優しいトゥル様を諦めない。おそばで守り通す。私はブライトルの名を継ぐ女。淑《しと》やかで気弱な令嬢ではない。

私は、もう決めたのだ。

第七章　これから

私の十七歳の祝福の日から、一ヶ月と少しが過ぎた。

アマレの花は全て散り、木は再び青い葉ばかりの姿に戻った。

最近の私は、半分は既婚女性らしく髪をあげつつ、半分は背中に垂らすようになった。この髪型をするとトゥル様が満足そうに笑ってくれるから続けている。

トゥル様は、まだこの屋敷に滞在している。

ブライトルの本邸は人の出入りが多く、別荘に比べるとトゥル様の守りを徹底することは難しい。あの日の襲撃で実感した。

だからそのうち、別荘へお送りするべきなのだけれど、送り届ける警備は万全にしなければならないという理由で、別荘へ向かう日取りはまだ決まっていない。

だから、トゥル様はまた屋敷の中でのんびりとした日々をお過ごしになっている。

晴れていれば中庭や隣接した薬草園に出向き、植物や動物、虫や魔獣を観察し、メモやスケッチをとる。以前と変わらない日々だ。

私も、朝食の前にトゥル様を探しにいくという日常に戻った。

トゥル様は秘術について触れることはなく、私たちは契約による白い夫婦のまま。

でも、それも幸せだと思っている。あとはトゥル様を説き伏せて、一人でどこかへ行かせないようにするだけだ。

お父様とお母様は私の味方だから、しばらくいろいろな口実を見つけて別荘行きを引き留めてくれるだろう。私はトゥル様のおそばを離れない。このブライトル領でお守りしている間は、絶対に。


今朝のトゥル様は、いつも通りに中庭にいた。

でも、なんだか様子がおかしい。地面に座っていることが多いのに、立ち上がってきょろきょろと周りを見ている。

見つけやすくて助かるけれど、珍しい。

「おはようございます」

そう声をかけると、トゥル様はすぐに私を振り返った。

「おはよう。オルテンシアちゃん」

目が合うと、トゥル様は優しい笑みを浮かべてくれた。それから目を逸らして、困ったような顔をする。

優しい笑顔は明るくて親しげで、別荘でご一緒した時と同じだ。最近のトゥル様はいつもこんな笑顔を見せてくれる。その後の困った顔は、私がそばから離れまいとしつこいからで、私はそこは気にしないようにしている。

でも今日のトゥル様は、すぐにまた周りを見始めてしまった。地面を見たり、草の葉の上を見たり、場所もさまざまだ。私は首を傾げた。

「何かをお探し中でしたか？」

「うん、久しぶりにあの変わった羽虫がいたんだ。雨の季節が終わったからかな。それでスケッチをしていたんだが、ちょっと目を離したらまたいなくなってしまってね。あと少しで完成するところだったのに、残念だよ」

そう言ってため息をついている。

つまりトゥル様は、朝から充実したひとときをお過ごしになっていたようだ。私はそっと笑いを噛み殺す。でも、あまりにもがっかりしているお顔をしているから、こほんと咳払いをした。

「その虫は、どんな姿だったのですか？」

「こんな感じだよ」

私がそばに行くと、トゥル様は手に持っていた紙を見せてくれた。

他の植物を描いている横に、簡単な輪郭と、一部だけ詳細に描き込まれた絵がある。

確かに完成はしていない。いつもより線が荒くて未完成だ。

それでもトゥル様の絵はとてもわかりやすい。そのまま動き出しそうな立体感がある。

（描き込みの多い前脚は質感までよく表現されているわ。それに翼のつき方もわかりやすいし、輪郭しかないけど後脚も動き方まで想像できそうというか……）

そう感心していた私は、ふと「羽虫」の全体像に気付いた。何度も何度も見直して……思わず息を呑んだ。

「今日はちょうど紙とペンを持ってきていたから、頑張って描いてみたんだけどね。とても小さいから、特徴を確認するだけでも時間がかかってしまった。こんなことなら、拡大鏡も持ち歩くべきだったよ。でも、大体の特徴は描けているんじゃないかと……オルテンシアちゃん？　どうしたの？」

悔しそうにしていたトゥル様は、私の異常に気付いて驚いている。腰を屈めて顔を覗き込んできたけれど、私は表情を繕えなかった。

「……あの、これが、本当にいたのでしょうか」

「うん」

「大きさはどのくらいでした？」

「そうだな、このくらい……少し大きめの羽虫くらいかな」

殿下が指で示してくれる。ちょうど指の幅くらいだ。私はさらに青ざめた。息苦しいくらいに動悸《どうき》がする。

なんとか少し落ち着こうと、もう一度、未完成のスケッチに目を落とした。

二対の脚に、一対の翼。尾は長く、首も少し長い。スケッチに添えられた走り書きの文字によると、全身の色は黒いらしい。

確かに、この翼は蝙蝠に似ている。もっと似た生物といえば翼竜だ。でもこの絵の生物と翼竜とは、決定的に違う特徴がある。蝙蝠も翼竜も、翼は前脚が変化したもので、脚一対に翼が一対だ。

だから「これ」は蝙蝠や翼竜ではない。全く別の魔獣だ。

「もしかしてオルテンシアちゃんは、これが何か心当たりがあるのかな？」

「……はい。多分知っていると思います」

そう言った途端、トゥル様は目を輝かせた。でも私は何と言えばいいかわからず、途方に暮れた。

この絵が正確なら、私はこの「羽虫」の正体を知っている。

でも、もし特徴を描き間違えているのなら、私が思っているものとは全く違う生物となる。期待させてしまうと、違った時の落胆が大きくなってしまう。

正直に告げるべきか、よくわからないとごまかすべきか。私が迷っていると、トゥル様が「あ」と小さく声を上げた。

顔を上げると、トゥル様が目を輝かせて手を伸ばしているところだった。

「これだ！　これだよ！　今日は戻ってきてくれたようだ！」

トゥル様が嬉しそうに笑っている。

思わず差し出してしまったらしいトゥル様の手のひらに、ふわりと飛んできた「羽虫」が降りてきた。

目を輝かせたトゥル様が顔を近付け、でも首を傾げた。

「……おかしいな。さっき見たのより大きい。別の種類なのかな」

手に乗っている「それ」は、手のひらにぺたりと腹をくっつけて、伸びをするように脚を伸ばしていた。

全身は魚のように細かく黒い鱗《うろこ》に覆われていて、明るい太陽の光を受けてキラキラと輝いている。大きな翼は体の何倍もあり、小さな鱗に覆われた尾は長い。

翼は一対で、脚が二対。

大きめの羽虫くらいと言っていたけれど、今、手のひらに乗っているものはトゥル様の中指の長さと同じくらいだ。

大きさはともかく、スケッチと全く同じ特徴を持っている。そして、パチリと開いた目は銀色だ。

予想していた通りの姿だった。だから覚悟はしていたはずなのに、全身が一瞬で冷えた。額に嫌な汗が浮かんで頬へと流れ落ちていく。

トゥル様は心配そうな顔になった。

「オルテンシアちゃん？ 顔色が悪いよ。大丈夫？」

「……トゥル様……トゥライビス殿下……それは、虫ではありません」

やっと、声が出た。

体が震えるのを必死で抑えようとしたけれど、うまくいかない。トゥル様は、自分の手のひらでくつろいでいる「羽虫」を困ったように見た。

「そうか、やっぱり虫ではなかったんだね。もしかして、毒のある魔獣なのかな？」

「毒は、持っていないはずです」

「そうなんだ？」

トゥル様は私の反応に首を傾げた。

「では、君がそんなに困るような、何か別の問題があるのだろうか」

「困るというか、とても大きな問題があります。それは……最上位の魔獣です」

「え？」

トゥル様が、一瞬ぽかんとする。

私はごくりと唾を飲む。

笑顔を保とうとしたけれど、どこまでできているだろう。でも、トゥル様の安全を確保することと同じくらいに、辺境地区の常識をお教えするのは私の役目だ。

体が震える。

それを懸命に抑え、私はもう一度笑おうとした。

「それは、ドラゴンの幼体です」

「……えっ⁉」

トゥル様は私を見つめる。

羽虫は——黒ドラゴンの幼体はパタリパタリと翼を動かして、手のひらからふわりと飛んだ。

翼竜や鳥のように大きく羽ばたいていないのに、浮いている。

これもドラゴンの特徴だ。強大な魔力によって浮くという説を教えてくれたのは、一度だけ遭遇した時のことを話してくれたガザレス叔父様だった。もちろん、ドラゴンのことを思い出す叔父様は青い顔をしていた。

「これが……高度な知能と強大な魔力を持つという、ドラゴン？」

少しずつ高く浮かんでいく「羽虫」を見上げながら、トゥル様は呆然とつぶやく。その声で、私ははっと我に返った。

「……待って！」

私は思わず手を伸ばしてしまった。

あれがトゥル様のそばにいてくれれば、トゥル様を襲う魔獣は減る。どんなに小さくてもドラゴンは異界の最上種。もう魔獣の襲撃に怯えなくて済む。そう考えてしまったのだ。

羽虫――ドラゴンの幼体は、もう手の届かない高さに浮かんでいた。落ち着いて考えれば、私が手を伸ばしたから、さらに高く飛んでしまったのかもしれない。

でも、完全に逃げようとはしない。私とトゥル様をじっと見ている。とても興味を持っているように見えるから、まだ望みはありそうだ。

虫捕り用の網なら、あれを捕まえることができるかもしれない。そんな無茶苦茶なことを考えてしまった時、空中に浮かぶドラゴンと私を見ていたトゥル様が微笑み、手を上へと差し出した。

「ねえ、君。私の奥様が君をお望みらしい。降りてきてくれるかな？」

人間に対するように、トゥル様はドラゴンの幼体に語りかけた。

穏やかで、柔らかく、とても優しい声で……私は思わず聞《き》き惚《ほ》れてしまう。小さなドラゴンも聞き入っているように見えた。

トゥル様の手に、黒い「羽虫」がゆっくりと降りてきた。

きれいな指にちょこんとつかまり、とたとたと腕に沿って歩いていく。金髪がかかる肩まできて、ようやく満足したように足を止めた。

でも、気のせいでなければ大きさがまた変わっている。トゥル様も首を傾げてしまった。

「うーん、また大きくなったね。もう羽虫ではないな。以前見た異国の鳥くらいか？あれはなんと言ったかな……そうだ、鸚哥《インコ》だ！」

鸚哥という鳥のことは知っている。

お母様が王宮の話をしてくれた時に出てきた鳥だ。とても可愛らしい絵も描いてくれた。体は私の拳くらいで、嘴《くちばし》は丸く曲がっていて、人にとてもよく懐くらしい。お母様の描いてくれた絵では、辺境地区では馴染みのある鮮やかな色に塗られていた。

幼い頃の私は、どんな鳥だろうかと一生懸命に想像していた。トゥル様の肩にとまる幼体は、思い描いていたものに近い。

トゥル様の頬に甘えるように体を擦り寄せてとても微笑ましいのだけれど……あの小さな魔獣は、辺境地区で最強の存在だ。

成体になれば、ブライトル家が全戦力を傾けてやっと対抗できるかどうかという存在で、幼体でもすでに大きさを自在に変えているから、氷嶺山猫と同じくらいの魔力を持っているはず。

そういう、とても恐ろしい存在なのだけれど。

「ははは、なんだか人懐っこい子だね！　思っていたよりかわいいな！」

トゥル様は、しきりに擦り寄ってくる幼体を撫でながら笑っている。

可愛らしい仕草の魔獣が、本当はどれほど恐ろしい存在かということを理解しているだろうか。

もしかしたら、本当の意味ではわかっていないのかもしれない。

魔獣に命を狙われたことがあり、知識としてわかっていても、私たち辺境地区の人間が先祖代々刻み付けられてきた恐怖を完全に理解することは、たぶんできない。

でも、笑っているトゥル様はとても楽しそうで、撫でられているドラゴンも嬉しそうに見えた。

トゥル様は辺境地区の常識を知らない王都のお方だ。だから何の構えもなくドラゴンと接することができる。冷静に判断した上で対等でいられる。あれはきっと、どちらにとっても幸せな関係なのだ。

私はふうっとため息をついた。無意識のうちに肩に入っていた力を、無理やり抜く。

トゥル様は、いつも私の常識を軽々と超えてくれる。

そういうところも好きなのだ。

私がニコニコと笑っていると、トゥル様は「好き」を隠さない私を見つめ、それから目を逸らしてため息をついていた。

◇

朝、私が身支度を終えて一息ついていると、扉を叩く音がした。いつもメイドが報告に来る時間より、かなり早い。

「あら、殿下はもう中庭に出掛けられたのでしょうか」

メイドのナジアは、そんなことをつぶやきながら扉へと向かう。私も立ち上がって、帽子を被《かぶ》ろうと手に取った。

今日は晴れ。

うっすらと曇っているけれど、いつもより明るい。外を歩くのなら帽子がほしい天気だ。

軽く被って鏡の前に行こうとした時、扉を開けたナジアが「ひえっ」と変な声を出した。どうしたのだろうと慌てて振り返ると、扉の隙間から鮮やかな金髪が見えた。

「……えっ⁉」

私も、思わず声を上げてしまう。

扉の向こうにいたトゥル様は、ひょいと覗き込んできた。

「急にごめんね。中に入ってもいいかな？」

「あ、はい、もちろんどうぞ」

私が慌ててそう言うと、ナジアも我に返ったように大きく扉を開く。トゥル様はまるで中庭を散歩している時のように、優雅に入ってきた。

でも私の前で足を止めたトゥル様の後ろで、メイドたちが何か必死な顔で合図を送ってきた。頭を指差しているようだ。

ぱちぱちと瞬きをした私は、帽子を中途半端に被ったままだったことを思い出して、急いで帽子を脱いだ。

メイドたちがほっとした顔をする。そしていつもの控えめな表情を作って壁際へと移動した。

帽子を背中に隠す私に、トゥル様はわずかに首を傾げて微笑んだ。

「覚えているかな。今日は、君と結婚して一年の日だよ」

「……あ、そういえば」

一週間ほど前に、お父様がそういう話をしていた。契約を続けるかどうかの確認だったから、それで話は終わったと思っていた。

でも、そうだった。

一年前の今日、私はトゥル様と初めてお会いして結婚したのだった。

「この辺りでは結婚記念日というものはあまり気にしないそうだけど、私は王都の人間だからね。特別な日なんだ」

トゥル様は私の左腕に触れた。

驚いて帽子から手を離してしまった。帽子は床に落ちたけれど、気にしている余裕はない。身を強張らせた私の左手首に、トゥル様が何かをさらりと巻き付けた。一瞬ひんやりとする。でも、すぐに体温に馴染んだ。

ブレスレットだ。黒くて小さなものが、金の輪で丁寧に繋げられている。

これは何だろう。

私はつけられたばかりのブレスレットを触ってみた。光をよく反射する様は黒曜石に似ている。でも黒曜石にしては軽いし、一枚一枚が透き通りそうなほど薄い。初めて見る素材だ。

手を動かすと、真っ黒に見えた表面が虹のような光沢に変わった。

「きれい」

思わずつぶやいた私に、トゥル様はほっとしたように微笑んだ。

「気に入ってもらえたかな？」

「はい。こんなにきれいな黒い宝石は初めて見ました」

「えっと、宝石ではないんだ。だから、あまり価値はないかもしれないけど、君は濃い色のドレスをよく着るから、黒は似合うと思って」

少し照れたようなトゥル様に背を押され、私は鏡の前に立ってみた。大きな姿見に映っている私は、いつも通りに襟の詰まった飾り気のないドレスを着ている。色も透けにくい濃い青色だ。

でもそんなドレスだから、手首のブレスレットは自然になじんでいる。手を動かすと、さらりと涼やかな音がした。

身につけていることを意識させないくらいに軽いのもいい。かわいいとは違うけれど、とてもきれいだ。毎日身につけていたい。

「素材に負けないように細工師に何度も相談して丈夫《じょうぶ》に作ったから、気軽に身につけてくれると嬉しいな」

「こんなに薄いのに、丈夫なのですか？」

「うん、普通の道具では穴を開けることができなかったよ。仕方がないから、パージェに嚙み付いてもらって穴を開けたんだ」

パージェ、というのは、ドラゴンの幼体のことだ。

ふらりと姿を見せてはトゥル様に撫でられている魔獣は、いつの間にか名前がついていた。トゥル様が名を呼んだ時に嫌がるそぶりはないから、きっと気に入っているのだろう。姿を現すのも頻繁になっている。

そのドラゴンが嚙み付いて、やっと穴が開く？

私はブレスレットを改めて観察する。

黒くて、艶《つや》やかで、薄くて、丈夫だなんて、まるで……。

「……まさか、ドラゴンの鱗ですか⁉」

「当たり！　パージェを撫でていた時に取れてね。きれいだから集めてみたんだ」

トゥル様は嬉しそうに笑った。

でも、私は密かに息を呑んだ。

羽虫のようだった幼体の鱗にしては大きすぎる。この大きさから推測すると、パージェの本当の大きさは鸚哥どころではなくて、もっと大きいかもしれない。

ちょうど猫と同じくらいの大きさか、もう少し大きいか。幼いふりをしてトゥル様のそばにいるなら、人間のようなあざとさだ。

「私は財産らしい財産を持っていない。こういうものしか贈れなくてごめんね」

申し訳なさそうに謝ってくれるけれど、ドラゴンの幼体の鱗を装飾品にしている人はいないはずだ。

いや、本当を言えば、そんな希少性すら私には些細なことに思える。

私たちの結婚は細かな契約事項があって、私への贈り物は不要であると決めている。だから本来は全く気にしなくていい。なのにトゥル様は結婚した日を覚えていてくれて、私に贈り物をしたいと思ってくれた。

私のために、トゥル様がいろいろ細工を試してくれたことが何より嬉しい。

「さて、そろそろ食事に行こうか」

「……いつもと逆ですね」

「うん。たまには新鮮でいいだろう？」

トゥル様は私に腕を差し出す。

私はその腕に、そっと手をかけた。

王都風の服を着たトゥル様はとても優雅に見える。でも柔らかい布の下に隠れている腕は、見かけよりしっかりとしている。魔獣を斬り伏せ、銀鷲まで乗りこなす人なのだ。

トゥル様はバランスを崩しやすい私に合わせてゆっくりと歩いてくれる。こうして腕を借りると、いつもとても歩きやすい。

どこまでも歩いていけそうだ。

そんな楽しい気分になって、ふと気が付いた。

国王陛下に依頼された「白い結婚」の期間の残りは二年。私は何年でもお守りするつもりだけれど、トゥル様にはドラゴンの幼体が懐いている。鱗の加工を許すくらいだから、いつもトゥル様のそばにいるようになるかもしれない。

そうなったら、ブライトルの守りは必要なくなる。トゥル様はこの地を離れるかもしれない。……私の手が届かないところに行ってしまったら、どうしよう。

トゥル様の腕にかけた手に、不自然に力が入ってしまった。和やかな朝の光を楽しむ余裕はもうない。

トゥル様は私に視線を向けたけれど、何も言わずに廊下の窓から空を見た。

「いい天気だね。食事の後、ここに来る前に中庭を見てきたけれど、アバゾルが気持ちよさそうにしていたよ。一緒に見に行ってくれるかな？」

空を見上げる横顔は穏やかだ。中庭なら一人でも十分に楽しめるはずなのに、私も誘ってくれた。

そんなトゥル様を見ていると、心の奥底で蠢いた不安は薄らいでいく気がした。今はここにいてくれて、私のことを気にかけてくれる。嫌われているわけではないのだ。

そう考えると、強張りかけた全身から力が抜けた。

「お供します」

私がそう言うと、トゥル様は明るく笑い、歩きながら顔を寄せるように覗き込んできた。

「知っているかな？　私はこの地の生き物が気に入っているけれど、君と一緒に歩くのは心地好いし、話をする時間はもっと楽しいんだよ」

「それは、光栄です」

「それだけ？」

「……とても嬉しいです」

吐息が耳をくすぐる。トゥル様が身につけた甘い香りに酔ってしまいそうだ。この方の言動は時々私の予想を越えてしまって、対応が追いつかない。頬が熱くなって言葉が素っ気なくなってしまう。

トゥル様はそんな私をじっと見つめ、小さく笑った。

「シア。君は、とてもかわいいな」

「………………えっ？」

私は思わず足を止めてしまった。

トゥル様の声はこんなに甘く聞こえただろうか。急に胸が高鳴り始めて、動揺が止まらない。きっと真っ赤になっている私の手を持ち上げて、トゥル様は手の甲にゆっくりと口付けをした。

いつかのような、肌をかすめるだけのものではなく、柔らかな唇がはっきりと触れた。すぐに離れると思ったのに、唇が触れている時間を長く感じて、また心臓が跳ね上がる。肩もびくりと動いてしまった。

そんな私を青と緑を混ぜたような目が見ている。楽しそうな目の輝きは、まるで悪戯を仕掛ける子供のようだ。

「シア、私はこの地が好きだよ。死ぬまでここにいたいと思っている。許してもらえるだろうか？」

……また、シアと呼ばれた。

それに、ここにいてくれると言ってくれた。

私は必死に落ち着こうとした。まだ忙しく心臓が躍っているけれど、できるだけ平静であることを心がける。気を抜いて浮かれてはいけない。だってトゥル様は、一番大切なことを言ってくれないから。

「……私も殿下と一緒にいていいのなら喜んで」

「困ったな。それはだめだと言っているのに。私の決意を揺らがせてはいけないよ。しかし君は、時々急に硬い呼び方になってしまうね。シアのそういうところはとてもかわいいと思うけれど……ん？　あれは!?」

からかうような表情のままため息をついたトゥル様は、何気なく外を見た途端に声を上げた。目を輝かせながら私から離れて、窓から身を乗り出すようにして空を見上げる。

屋敷の上空を、長い毛をなびかせる翼竜が通り過ぎていくところだった。

「とても美しい翼竜だ。色が緑色ではないように見えるよ！」

「あれはお母様です」

「伯爵夫人？　では、あれは伯爵夫人の噂の翼竜か！　だから金色を帯びていたんだね。ああ、遠ざかる姿もキラキラ輝いていて素晴らしい。それにとても速い！」

トゥル様は興奮したように早口になっている。

いつものトゥル様だ。

間近から覗き込んでくるトゥル様にドキドキしてしまったけれど、慣れないからいつも通りのトゥル様を見ていると安心する。

目を輝かせている明るい横顔を、心ゆくまで見つめることができるから。

一年前より表情が豊かで、周りのことを忘れて夢中になるくらいにくつろいでいて。

毎日いろいろな顔を見せてくれて、私に笑いかけてくれる。

トゥル様の話を聞くのが好きだ。

今まで気付かなかった視点で語ってくれるブライトル領の話は新鮮だし、無害な魔獣たちも一層興味深く見えてきて楽しい。それに、話の合間に私に向けてくれる優しい顔や穏やかな笑い声は、私を惹《ひ》き付けてやまない。

「ごめん！　また待たせてしまったね」

翼竜を見送ったトゥル様は慌てて戻ってきて、改めて私に腕を差し出した。

軽く咳払いをした私は、精一杯のすまし顔で腕に手をかける。歩きながらちらりと見上げると、トゥル様は少し照れたように笑った。

トゥライビス殿下は、今日も朝から楽しそうにお過ごしになっている。

とても良い一日になるだろう。

◆　◆

暗い夜空に、翼竜が弧を描きながらゆっくりと飛んでいた。

翼竜は有用な魔獣であり、最強の兵器の一つだ。そのため王国内の移動には制限がある。領主たちはその制限を利用して、所有する翼竜について国王に詳細を知らせない。他の魔獣についても同じだ。だから魔獣のことは、わかっているようで何もわかっていないのだという。

ブライトル領に来てそれを実感する。辺境地区という特殊性は知られているのに、どのように魔獣を利用しているかは王都にはほとんど伝わっていなかった。

この地に来て一年が経ったが、まだ伯爵軍の全容は見えてこない。知る機会はあった。ただ私は、敢えて知ろうとはしなかった。それが命を守ると約束してくれた伯爵への礼儀だと思ってきた。

そんな戒めも、そろそろ取り払ってもいいのかもしれない。

私は夜空から窓枠へと目を落とした。小さな魔獣がのんびりと寝そべっている。最上位の魔獣の幼体だ。私はパージェと呼んでいる。

この幼体は気まぐれで姿を見せる。中庭に姿を見せることが多く、こうして部屋の窓に寄ってくることもある。夜にやってきたのは今日が初めてだが。

「そろそろ窓を閉めるよ。それとも、君も中に入るかな？」

そう誘ってみたが、パージェはちらと室内に目を向けただけで、ふわりと浮かんで窓から離れた。どうやら、この屋敷の中は魔獣には好ましくない何かがあるらしい。

「お休み」

遠ざかる小さな背に声をかけると、ドラゴンの幼体は振り返った。でもどこか不満そうだ。なぜだろうと考えて、すぐに理解した。

「お休み、パージェ」

そう言い直すと、ドラゴンの幼体は満足そうに銀色の目をきらりと輝かせ、長い尾をブンと動かした。伝えたい気持ちは変わらないはずなのに、この差になるということは、ドラゴンには言葉そのものが通じているようだ。

あの小さなドラゴンがそばにいると、カートルは緊張する。無害な魔獣たちも動きを止める。そのことに気付いた時から、ブライトル伯爵家の庇護がなくても生きていける可能性を見出した。

だからと言って、この地を離れたいとは思わない。

夜闇の深さも、薄く曇った空も、見慣れてしまえば気にならない。たまに王都の菓子やお茶が欲しくなるが、そのくらいだ。

この地から引き離されることがあったとしても、命が尽きる最期の瞬間に思い出すのはここで目にしたものになるだろう。

青い葉をつける木々か、緩やかに色を変えていく花か、あるいは植物のような魔獣の黄色い姿か、空を舞う緑色の翼竜か。やたらと集まってくる鳥たちかもしれないし、羽ばたくたびに散る銀鷲の翼粉の煌めきかもしれない。

あるいは……銀鷲の背から見た、真紅のドレスを着た彼女の姿だろうか。

オルテンシア・ブライトル。私の妻となってくれた女性は、最近は子供の頃の話もしてくれるようになった。

ぽつりぽつりと、翼竜の幼体たちと遊んだ日々を語る。その口調は重いのに微笑みは柔らかく、目はいつも穏やかに輝く。彼女自身が語る過去は明るく楽しそうで、空を見上げる寂しそうな微笑みとの落差が切ない。

だが、シアは自分が不幸だとは思っていない。

自分が選んだ道だと静かに言い切る。

強い女性だ。まっすぐで、柔らかな心を失っておらず、眼差しはいつも落ち着いている。それでいて、時々とても可愛らしい顔で笑う。

最近は「一緒にいたい」などと強気なことを言って私を困らせる。かと思えば、真っ赤になって控えめなシアに戻っている。

ころころと変わるシアの表情から私は目を逸らせない。いつもそばに寄ってくる細い体を抱きしめたい衝動に揺れそうになる。

契約を厳密に守るのなら、この衝動は許されない。だが契約を逸脱したいと思うことが増えてきた。危険な目に遭わせてしまうとわかっていても、シアとともに過ごす人生を選びたい。そんなわがままを言う自分が残っていたのかと、驚いてしまう。

ここは夢のようなところだ。

「……これが、幸せというものなのかな」

そっとつぶやくと、口元が勝手にほころんでしまった。

あとがき

初めまして。藍野《あいの》ナナカと申します。この度は『辺境領主令嬢の白い結婚』を手に取っていただきましてありがとうございます。

本作はＷＥＢで連載していました。

キラキラした不遇の王子様が辺境に追いやられるけれど、ちょっと変わった植物や魔獣に興味津々で、妻となった令嬢にちょっと呆れられたり、戸惑ったりされながら毎日楽しそうに過ごしている。そんな「異文化の中の常識と非常識」をテーマとして書き始めました。

実は私は、数年ごとに引っ越しをしていたことがありました。その土地に住む人にとっては常識でも私には初めて知ることだったり、私が当然と思っていたことがそうでもないと思い知ったり、同じ日本なのに細かいところはこんなに違うのか、と驚いたり感動したりしたものです。

なので、ささやかだけれど当人たちにとっては深刻な常識の違いを、否定することなく、するっと乗り越えて受け入れる王子様はかっこいいんじゃないかな、と。こうして、年の差のある二人がゆっくり交流をして距離を縮めていったり、ちょっとかわいい魔獣がいたり、のほほんと微笑む王子様が剣を持っていたり、そういう私の「好き！」を詰め込んだ話になりました。

そんな本作ですが、ありがたいことにメディアワークス文庫様に声をかけていただきました。何という奇跡だろう、と喜びを通り越して恐れ慄いたものです。

書籍化するにあたり、気になっていたところや助言をいただいたところなどを中心に改稿しました。深窓の令嬢ならぬ深窓の王子様と、かわいい外見なのに辺境領主の血が濃いお嬢さんの話を楽しんでいただければ幸いです。

そして！

表紙イラストを條様《えだ》に描いていただけると聞いて、嬉しさでどれほど踊り回ったことか！　完成した本を手にする日がとても楽しみです！

最後になりましたが、本作が完成するまでにご助力くださった全ての方々に、心より感謝いたします。

藍野ナナカ

＜初出＞
本書は、「小説家になろう」に掲載された『辺境領主令嬢の白い結婚　～殿下の命をお守りするために結婚しましたが、夫は毎日楽しそうにお過ごしです～』を加筆・修正したものです。
※「小説家になろう」は株式会社ヒナプロジェクトの登録商標です。

◇◇メディアワークス文庫

辺境《へんきょう》領主《りょうしゅ》令嬢《れいじょう》の白《しろ》い結婚《けっこん》

藍野《あいの》ナナカ

2024年２月25日　初版発行

発行者　山下直久
発行　株式会社KADOKAWA
〒102-8177　東京都千代田区富士見2-13-3
0570-002-301（ナビダイヤル）
装丁者　渡辺宏一（有限会社ニイナナニイゴオ）
印刷　株式会社暁印刷
製本　株式会社暁印刷

●お問い合わせ
https://www.kadokawa.co.jp/（「お問い合わせ」へお進みください）
※内容によっては、お答えできない場合があります。
※サポートは日本国内のみとさせていただきます。
※Japanese text only

※定価はカバーに表示してあります。

Printed in Japan
ISBN978-4-04-915471-9 C0193

メディアワークス文庫　https://mwbunko.com/

本書に対するご意見、ご感想をお寄せください。

あて先
〒102-8177　東京都千代田区富士見2-13-3
メディアワークス文庫編集部
「藍野ナナカ先生」係

犬を拾った、はずだった。

わけありな二人の初恋事情

縞白

犬に見えるのは私だけ？？

新感覚溺愛ロマンス×ファンタジー！


　ボロボロに傷ついた犬を拾ったマリスは自宅で一緒に生活することに。

　そんな中、ある事件をきっかけにマリスの犬がなんと失踪中の「救国の英雄」ゼレク・ウィンザーコートだということが判明する！

　普段は無口で無関心なゼレクがマリスにだけは独占欲を露わにしていることに周囲は驚きを隠せずにいたが、マリスは別の意味で驚いていた。

「私にはどこからどう見ても犬なんですけど⁉」

　摩訶不思議な二人の関係は、やがて王家の伝説にまつわる一大事件に発展していき――⁉

メディアワークス文庫

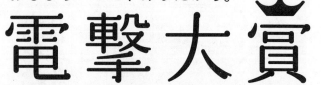